Niederösterreich

Land der Vielfalt

NIEDERÖSTERREICH

LAND DER VIELFALT

TEXT VON
ALFRED KOMAREK

FOTOGRAFIEN VON
MANFRED HORVATH

HERAUSGEGEBEN VON
ERNST B. SCHEBESTA

NP

Inhalt

KO 876 Z

Seite: 6/7
Ruine Aggstein hoch über der Donau

In der Babenbergermark war die Donau Österreichs wichtigster Verkehrsweg. Wer hier rechtzeitig Schlüsselpositionen besetzte, hatte gute Karten im Spiel um Reichtum und Macht.
Die Kuenringer, Kolonisatoren des mittleren Waldviertels, Gründer von Stift und Stadt Zwettl, kamen 1181 in den Besitz der Burg Aggstein. Im 12. und 13. Jahrhundert erlangte dieses Ministerialengeschlecht durch Eheverbindungen und nützliche Beziehungen zum steirischen und mährischen Adel große Bedeutung. Erst als die Kuenringer ihre Macht überschätzten und an der Spitze des Landadels gegen die Herrschaft der Babenberger aufbegehrten, verlor der bislang ruhmreiche Name an Glanz.
In der habsburgischen Geschichtsschreibung wurde das Geschlecht der Kuenringer zum finsteren Widerpart des edlen Herrscherhauses und die Burg Aggstein zum düsteren Schauplatz übelsten Raubrittertums. Auch ehrenrührige Sagen passten gut zu diesem Bild. Für heutige Historiker sind die Kuenringer weder Musterknaben noch Banditen, sondern Menschen einer Zeit, in der Recht und Ordnung eigenwillige Konturen hatten.

Seite: 8/9
Der Tumulus bei Niederhollabrunn

In der weithin offenen Landschaft des Weinviertels scheint nur das Prinzip der Veränderung seine Gültigkeit zu bewahren. Wie eine flüchtige Skizze überziehen die Spuren der Siedlungsgeschichte das Land. Die Zahl der heutigen Dörfer ist so groß wie jene der Wüstungen: verlassener, verschwundener Siedlungen.
Umso erstaunlicher ist es, dass Baudenkmäler der Urgeschichte bis heute sichtbar geblieben sind. Die Wallanlagen von Erdburgen drängen sich mit sanfter Willkür in den natürlichen Rhythmus des Hügellandes, Kreisgrabenanlagen zeichnen ihre schattenhaften Konturen in Äcker und Wiesen. Vor allem aber ragen die Hügelgräber der Hallstattzeit als archaische Relikte unübersehbar in die Gegenwart. Bei Großmugl steht ein wahrer Riese, 16 Meter hoch, obwohl Wind und Wetter Jahrtausende Zeit hatten, das weiche Erdmaterial abzutragen. Auch bei Niederfellabrunn und Niederhollabrunn sind solche monumentalen Tumuli zu finden, und das Kreuz, das sie dem Gott der Christen widmet, bleibt eine fromme Geste.

Seite: 10/11
Fronleichnamsprozession bei Windhag

In der bäuerlichen Welt des Mostviertels hat das Wesen der Landschaft noch viel mit dem Leben der Menschen zu tun, das mehr dem Rhythmus der Jahreszeiten folgt als dem Ticken der Uhren. Dazu kommen, als willkommene Abwechslung vom Alltag, die Feste des Kirchenjahres. Am Fronleichnamstag wenden die Gotteshäuser ihr Innerstes nach außen, und über den Gläubigen wölbt sich der Himmel als gemeinsames Dach. Nur der Pfarrer hat sein eigenes, kleines Firmament.
Der Name des Festes kommt aus dem Mittelhochdeutschen und bezeichnet den eucharistischen Leib Christi. Seit dem 13. Jahrhundert schließt Fronleichnam den Osterkreis. Die Auferstehung lässt es zu, sich freudig-bewegt an das Abendmahl des Gründonnerstags zu erinnern. So wird man den Fronleichnamstag zwar fromm, doch heiteren Sinnes begehen: Himmel und Erde, Gott und Mensch unternehmen gemeinsam einen weihevollen Spaziergang, um zwischendurch andächtig innezuhalten. Dörfer, Märkte, Städtchen, das Bauernland ringsum – vertrauter Lebensraum wird Schritt für Schritt feierlich wahrgenommen, und der Frühling macht es leicht, guten Mutes zu sein im neuen Jahr.

Seite: 12/13
Kreuzgang im Stift Heiligenkreuz

Das Österreich der Babenberger war schütter besiedeltes, weithin unerschlossenes Land. Markgraf Leopold III. tat also gut daran, Zisterzienser ins Land zu rufen. Ihre robuste Spiritualität und die kluge, tüchtige Art, mit der sie die profane Seite des Lebens bewältigten, machte sie zu begehrten Wegbereitern der Zivilisation. Zwölf Mönche aus dem fernen Kloster Morimond in Burgund gingen unverdrossen ans Werk, und schon in den ersten zehn Jahren wuchs ihre Gemeinschaft auf 300 Brüder, geistliche wie weltliche, an, die mit Heiligenkreuz ein spirituelles und kulturelles Zentrum schufen, aber auch als Weinbauern und Ackerbauern, als Forstbewirtschafter und Fischzüchter sehr erfolgreich waren.
Natürlich war ein Kloster wie Heiligenkreuz stets auch von politischer Bedeutung, und zahlreiche Grabdenkmäler erzählen von den Anfängen österreichischer Geschichte. Unter den Kreuzrippengewölben des Kapitelsaales ist das von Türken beschädigte Grabmal Friedrichs II., des letzten Babenbergers, zu finden, und im Kreuzgang, der zu den ältesten Bauteilen des Klosters gehört, ist die Grabtafel seines Marschalls, Berthold von Treun, eingemauert.

Seite: 14/15
Studenten, Fässer
in der Weinbauschule Klosterneuburg

Was soll man von einer höheren Schule halten, deren Lehrplan nach Wein schmeckt, nach gärendem Most riecht und nach reifen Äpfeln duftet?
Fest steht jedenfalls, dass sie für ihre regulären Absolventen mit einer Reifeprüfung abschließt, die zum Universitätsstudium an allen Fakultäten berechtigt. Natürlich gibt es den üblichen Unterricht in den klassischen Fächern, doch zusätzlich werden eben auch Weingärten, Glashäuser und Obstplantagen zu Klassenzimmern, das Labor, der Weinkeller, der Verkostungsraum.
Ein tiefer Blick in die Vergangenheit macht es leichter, diese ganz besondere Schule zu verstehen. 1860 gegründet, wurde die Weinbauschule Klosterneuburg schon 1874 zur staatlichen Lehranstalt, ergänzt durch eine „Chemisch-physiologische Versuchsstation für Wein- und Obstbau". Die fruchtbare Nachbarschaft von Forschung und Lehre hat also in Klosterneuburg eine erstaunliche Tradition, und Letztere ist hier von jeher mit Innovation verbunden. Wissen sperrt man in dieser Schule nicht in den akademischen Elfenbeinturm, sondern bringt es frisch und unmittelbar unter die Leute.

Seite: 16/17
Blick vom Schneeberg zur Hohen Wand

Wer von der höchsten Erhebung der niederösterreichischen Voralpen die fast 1.000 Meter niedrigere Hohe Wand ins Auge fasst, sollte dabei bergsteigerliche Herablassung tunlichst vermeiden. Lange genug wurde dieses schöne Gebirgsmassiv ohnehin kaum beachtet. Anfang des 19. Jahrhunderts, als der Schneeberg und die Rax schon prominente Wanderziele waren, hatte die Hohe Wand noch nicht einmal einen offiziellen Namen. Das zwölf Quadratkilometer große Hochplateau ließ einen markanten Gipfel als taugliches Objekt alpinistischer Begierde vermissen. Erst um die Wende zum 20. Jahrhundert entdeckte der Pfarrer von Grünbach, Dr. Alois Wildenauer, die Faszination der steil aufragenden Felswände. 1919 erschien sein „Kletterführer für die Hohe Wand und ihre nächste Umgebung". Der trittsichere Gottesmann nannte darin seinen Lieblingsberg ein „verkleinertes, aber nicht kleines Abbild der Raxalpe".
Seitdem ist die Hohe Wand als Klettergarten von ungebrochener Attraktivität. Und wer es nicht so senkrecht mag, nimmt einfach den Sessellift.

Das weite Land

Weites Land? Über den Ötschergräben zwängt sich ein schmales Stück Himmel zwischen aufragende Felswände, Wildbäche bahnen sich im engen Talgrund ihren Weg, und die Wurzeln der Bäume finden gerade noch Halt im schroffen Gestein.

Weites Land?

Wer angesichts der Hohen Wand von Würflach aus den Weg durch die Johannesbachklamm nach Grünbach nimmt, braucht nicht erst davon überzeugt zu werden, dass es auch dem Voralpenland nicht an dramatischer Enge mangelt, und sogar der sanfte Wienerwald hat nicht nur weite Täler. „Zu der einen Seite hat man immer die sich bis in die Wolken türmenden Berge, die an einigen Orten kahl, an anderen mit Föhren und abwechselnden Gesträuchen bewachsen sind, hier Erhöhungen, dort Vertiefungen haben; hier durch kleinere Berge unterbrochen sind, dort in eine Reihe fortlaufen und bald als ungeheure Felsmassen einzustürzen scheinen", schrieb Anfang des 19. Jahrhunderts Franz de Paula Gaheis, als er die Hinterbrühl bei Mödling bereiste. Zwar ließ ihn eine romantische Aufwallung des Gemüts ziemlich übertreiben, aber ein wenig eng und felsig ist das Tal ja doch. Nicht einmal eine weithin offene Landschaft wie die des Waldviertels verzichtet auf dramatische Effekte. Man braucht nur von Retz aus nach Norden zu reisen. Flachwellige Felder und kleine Dörfer begleiten die Fahrt, ehe die Gegend waldig wird und still. Dann aber senkt sich die Straße unvermutet und gibt den Blick frei auf das enge Tal der Thaya und auf die winzige Stadt Hardegg, überragt von der gleichnamigen Burg. Vor 20 Millionen Jahren begann die Eintiefung in den geologischen Untergrund des Waldviertels. Gestein von unterschiedlicher Härte ließ einen bis zu 150 Meter tief eingekerbten, gewundenen Flusslauf entstehen, eines der schönsten Durchbruchstäler Europas. Heute schützt der Nationalpark auf beiden Seiten der Grenze ein gewachsenes Ökosystem mit seinen natürlichen Spannungen und seiner lebendigen Harmonie.

Auf der Altane des Stiftes Göttweig

Ganz ohne Zweifel ist Niederösterreich auch ein Gebirgsland. Doch dieser Wesenszug, so markant er sein mag, drängt sich nicht vor. Statt die Landschaft zu dominieren, gibt ihr der große Alpenbogen Akzente. Er stellt Ötscher, Rax und Schneeberg als respektable Gipfel unter den Himmel, zitiert im Alpenvorland beiläufig Bilder aus dem Hochgebirge und endet freundlich begrünt mit den Kuppen des Wienerwaldes.

Land am Strome

Im Gegensatz zu anderen Bundesländern hält sich Niederösterreich getreu an den Text der Bundeshymne, ist nicht nur Land der Berge, sondern auch Land am Strome. Nach der Mündung der Enns nahe der Stadt gleichen Namens ist die Donau ein Stück Weges die Grenze zu Oberösterreich. Ruhig nimmt hier der Strom seinen Lauf, und erst mit der Talenge des Strudengaus gestaltet sich die Landschaft dramatischer.

Im Nibelungengau, in der Gegend von Nöchling, wird die Donau endlich zur Gänze Niederösterreicherin und ist dann zwischen Melk und Krems für

Stein an der Donau: Frauenbergkirche und Nikolauspfarrkirche. Im Hintergrund Stift Göttweig

Seite 22/23:
Die Donau bei Aggstein stromaufwärts

Aus dem Dunkelsteinerwald wächst
die Silhouette des Stiftes Göttweig

30 weltweit gerühmte Kilometer verantwortlich: die Wachau. Besondere Klimaverhältnisse haben die Entwicklung dieser einzigartigen Kulturlandschaft begünstigt: Während die Sonne ungehindert einstrahlt, halten die Höhenrücken kalte Winde ab. In den Krümmungen des Tales liegen geschützte Buchten unter sonnenwarmen Hängen.

Seit der Steinzeit ist diese Landschaft Siedlungsgebiet. Weinbau und Schiffahrt bestimmen von jeher das Leben. Der Mensch hat hier eine neue Landschaft geschaffen: Terrassen sind in die Hügel gestuft und breiten den fruchtbaren Lössboden unter die Sonne. Die großen bayerischen Klöster bauten hier Wein an, in der Babenbergermark entstand mit den Benediktinerstiften Melk und Göttweig eine mittelalterliche Klosterkultur, deren Impulse über Österreich hinaus auch die Entwicklung in Böhmen und Ungarn prägten. In Dürnstein stand jene Kuenringerburg, in der Richard I. Löwenherz bis zu seiner für Österreich so einträglichen Befreiung schmachtete. Die Feste wurde von den Schweden gesprengt und ist seitdem Ruine. Nur ein paar Autominuten weiter verbindet die Stadt Krems Vergangenheit und Gegenwart zu einem vitalen, tüchtigen Ganzen. Schon vor rund 50.000 Jahren siedelten in diesem Raum Menschen. Markomannen fielen bei Krems über die Römer her, das Nibelungenlied rühmt die reiche Handelsstadt, bedeutender als Wien. Hier wurde das erste österreichische Geld geprägt: die „Münz", die Kremser Pfennige. Heute sorgen in

Oben:
Der Tausendeimerberg bei Spitz in der Wachau

Das Steiner Tor in Krems

Krems Industrie und Hafen für das wirtschaftliche Wohlergehen, und in der wunderschönen Altstadt hat die Vergangenheit Zukunft. Über dem anderen Ufer, Tal und Ebene gleichermaßen überschauend, erhebt sich auf dem Buckel eines harten Granitbrockens Stift Göttweig, großartig, berühmt und bewundert. Ein österreichisches Montecassino sollte hier entstehen, der barocke Inbegriff einer Kaiserresidenz mit göttlichen Dimensionen. Das Ergebnis blieb kostbares Stückwerk, eine große Geste, auf halbem Wege erstarrt.

Der Wachau folgt fast übergangslos die Ebene des Tullnerfeldes, dann zwängt sich der Strom durch die Hügelkette des Wienerwaldes, lässt Wien beiläufig rechts liegen und durchfließt breit und gemächlich eine Aulandschaft, die nun doch nicht dem Energiegewinn geopfert werden musste. Unzählige Menschen, ebenso friedlich wie hartnäckig, brachten bei Hainburg, in der Stopfenreuther Au, die Baumaschinen zum Stehen. Jetzt haben wieder die Frösche und die

Seite 26/27:
Stift und Stadt Melk vom Nordufer der Donau aus gesehen

Links:
Die Donau mit Hundsheimer Insel und Mauterner Brücke, dahinter die Doppelstadt Krems-Stein

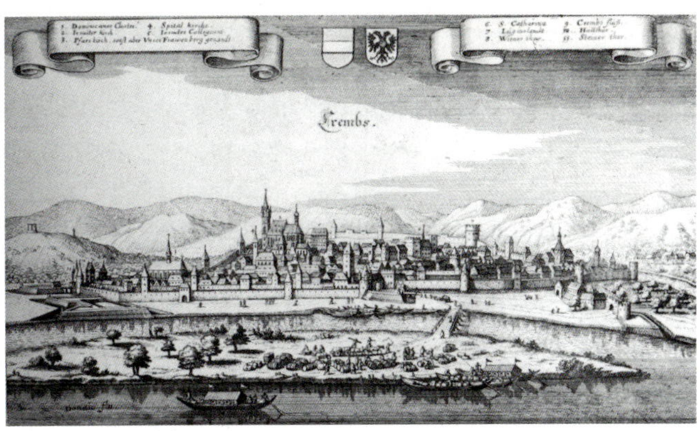

Krems nach einem Stich von Matthäus Merian, 1649

Die Ruine Kollmitz an einer der Thaya-Schlingen im nördlichen Waldviertel

Flusskrebsfischer an der Thaya

Kröten das Sagen. Auf dem Weg zu Grenze, zur nicht mehr feindlichen, liegt auch ein Achtung gebietendes Stück Geschichte: Carnuntum. Das gewaltige Heidentor, eindrucksvolles Monument aus römischer Zeit, steht ein wenig verloren im Grün. Heute ist der Archäologiepark Carnuntum ein faszinierendes Revier für Zaungäste der Geschichte. Noch ein paar Kilometer, dann strömt die Donau durch die Hainburger Pforte zum Nachbarn. Mächtig steht die Pressburger Festung auf ihrem Felsen. Aber sie droht nicht mehr, sie grüßt.

Die Donau teilt Niederösterreich einigermaßen gerecht in zwei Hälften. Im Norden geht das oberösterreichische Mühlviertel in die ernste Hochebene des Waldviertels über, und das angrenzende Hügelland des Weinviertels verebbt in der weiten Ebene des Marchfeldes.

Am anderen Ufer begleiten der Dunkelsteinerwald und das Tullnerfeld den Strom. Das Wiener Becken, halb von den Hügeln des Wienerwaldes umfangen, öffnet sich nach Osten hin dem flachen Land. Im Süden Niederösterreichs senkt sich das Bergland der Alpen von Westen nach Osten und schiebt die Bucklige Welt zwischen die Steiermark und das Burgenland.

Oben:
Die Seegrotte in der Hinterbrühl

Im Klettergarten des Peilsteins
im südlichen Wienerwald

Der Jungfernturm der Ruine von Theben an der Mündung der March in die Donau

Die Wasserlandschaft der Donau-Auen

Vier Viertel

Doch nicht nur Berge und die Donau schaffen in Niederösterreich Strukturen. Das weite Land besteht aus vier Vierteln, die aber jeweils zwei Namen tragen: einen offiziellen und einen volkstümlichen. Die sozusagen amtlichen Titel folgen geografischen Orientierungshilfen, die anderen erzählen bildhaft vom angestammten Wesen der Landesteile. Das Viertel ober dem Manhartsberg heißt auch Waldviertel, jenes unter dem Manhartsberg trägt den süffigen Ehrennamen Weinviertel, ober dem Wienerwald ist das Mostviertel zu finden und unter dem Wienerwald das Industrieviertel. Niemand weiß so recht, wie lange diese Ordnung schon besteht. Jedenfalls wurde schon während der Hussitenkriege, in den zwanziger Jahren des 15. Jahrhunderts, die Verteidigung des Landes nach Vierteln organisiert. Im 16. Jahrhundert folgten den Kriegern die Steuereintreiber im Rahmen der ständischen Verwaltung, und unter Maria Theresia bekam jedes Landesviertel ein Kreisamt, dessen ärarische Tradition noch heute in den Kreisgerichten fortlebt. Auch die kirchlichen Strukturen, leichtfertiger Veränderung abhold, halten sich an die alte Vierteilung: Die beiden östlichen Viertel gehören zur Erzdiözese Wien, die beiden westlichen zur Diözese St. Pölten. Im 19. Jahrhundert kamen die Viertel dann zu ihren heute nicht mehr ganz zutreffenden Beinamen.

Links oben:
Die Kellergasse von Göttlesbrunn im Weinbaugebiet Carnuntum

Der Kellerberg von Wildendürnbach im Weinviertel

Der Mohn, eine für das Waldviertel charakteristische Kulturpflanze

Die Burg Rappottenstein im Waldviertel

Am ehesten sind in der Gegenwart das Waldviertel und das Weinviertel ihren Namen treu geblieben, doch auch das Hügelland des Mostviertels hat sein bäuerliches Gepräge bewahrt, wenn auch viele der unzähligen Birnbäume, die das Mostobst liefern, verschwunden sind. Das Industrieviertel hingegen, das übrigens mit gleichem Recht auch südliches Weinviertel oder Getreideviertel heißen könnte, ringt um eine neue Identität. Die alte Hammerherrlichkeit der „Eisenwurzen" ist längst Vergangenheit, aber auch die in der Zeit der großen Industrialisierungswelle der Jahrhundertwende entstandenen wirtschaftlichen Strukturen entsprechen nur noch bedingt aktuellen Anforderungen.

Die „Noth" (um 1890) bei Ybbsitz in der „Eisenwurzen"

5

Bauernland im Reich der Vierkanter

Seite 40/41:
Mostpressen beim „Kummerbauern" in der Gegend von Weistrach im Mostviertel

Die Ghega-Bahn am Semmering vor der Kulisse der Rax

Schi-Nostalgie am Semmering

Semmering, Rax und Schneeberg vom Wechsel aus gesehen

Schottwien unter der Autobahnbrücke

Der von Adolf Loos gebaute „Alpenhof" bei Payerbach

Der ehemalige Ballsaal des „Südbahnhotels" am Semmering

Das Schloss Rothschild in Reichenau an der Rax

St. Pölten, im Zentrum des Landes gelegen, ist seit jüngster Zeit dazu berufen, als Hauptstadt neue, zukunftsweisende Impulse zu setzen, und das hat Tradition. Schon die römische Vorgängerin der Stadt, Aelium Cetium, war auch wirtschaftlich von Bedeutung. Sie hatte übrigens einen Bürger, dessen Bekanntheitsgrad kaum zu übertreffen ist: Quirinus, Amtsvorstand der „ufernorischen Provinzverwaltung" und als heiliger Florian Schutzpatron der Feuerwehr. Der Aufstieg zur Landeshauptstadt, verbunden mit dem Bau eines modernen Regierungsviertels und der entsprechenden Infrastruktur, wird das Bild St. Pöltens in den nächsten Jahren wieder entscheidend wandeln.
Bleibt die Bundeshauptstadt Wien, urbane Enklave im abtrünnig gewordenen Niederösterreich, heute selbst auch ein Bundesland.
Noch im 19. Jahrhundert musste sich die stolze Residenzstadt in vielen Belangen das Diktat des niederösterreichischen Landtags gefallen lassen. Im Landhaus in der Herrengasse und nicht im Rathaus wurde letztlich über die Schleifung der Festungsmauern und den Bau der Ringstraße entschieden. Erst damit waren die Voraussetzungen für eine rasche Stadterweiterung geschaffen.

Links:
St. Pölten: Shedhalle und Festspielhaus im Kulturbezirk

Unten und oben:
St. Pölten: Architektonische Details aus dem Kulturbezirk

Schon damals gab es Versuche, Wien und Niederösterreich zu trennen. Im sehr klein gewordenen Österreich der Nachkriegszeit wurde die Situation dann vollends unhaltbar. In Wien und Niederösterreich lebte mehr als die Hälfte der österreichischen Bevölkerung, und mit einer dermaßen erdrückenden Übermacht im Osten konnte die junge Republik nicht leben. Andererseits war Gemeinsamkeit, in Jahrhunderten gewachsen, nur unter großen Problemen aufzulösen. Doch am 29. Dezember 1921 verkündete der Präsident des niederösterreichischen Landtages zwei neue Bundesländer. Karl Renner merkte damals nicht gerade triumphierend an: „Dass wir damit die Pietät und das Historische verletzen, ist ja richtig, aber die Weltgeschichte hält eben nicht still. Wir können nicht immer unsere Verwaltungsbedürfnisse danach einrichten, weil früher etwas anders war und weil sich große Erinnerungen daran knüpfen." So war ein Land ohne Haupstadt entstanden, dessen Regierung aber noch immer in Wien ihren Sitz hatte. Es dauerte sehr lange, die Vernetzung von Stadt und Land wirklich zu lösen, und noch länger, bis Niederösterreich zu einer eigenen Hauptstadt kam.
Rund 75 Jahre war das Landhaus in der Herrengasse eine niederösterreichische Enklave mitten in Wien. Das sparte vordergründig Kosten, war aber auf lange Sicht von Nachteil. Schon 1927 klagte der damalige

Jugendstil in St. Pölten: Die Villa Stöhr

St. Pölten: Festsaal des Instituts der Englischen Fräulein

Landeshauptmann Dr. Karl Buresch: „Es fehlt unserem Lande jene Konzentration des Handels und des Geldwesens, die mit der Existenz einer Landeshauptstadt verbunden zu sein pflegt und dadurch, dass sich das geistige Zentrum unserer Verwaltung nicht im Landesgebiet befindet, einem anderen Bundesland zugute kommt." Einer der Gründe, weshalb dennoch lange keine Entscheidung für die neue Mertropole fiel, lag darin, dass sich mehrere niederösterreichische Städte dazu berufen fühlten. In den siebziger Jahren fanden dann die „Niederösterreichischen Nachrichten" ein recht überzeugendes Bild für den beklagenswerten Verlust an Wertschöpfung: Niederösterreich gleiche einer Kuh, die im Land unter der Enns gefüttert und in Wien gemolken werde. Das änderte allerdings nichts an der folgenden, an die zehn Jahre dauernden hauptstädtlichen Denkpause der Landespolitiker. Schließlich flammte die Diskussion wieder auf. St. Pölten, Krems, Wiener Neustadt, Baden, Herzogenburg, Tulln, Laxenburg, Mödling und Klosterneuburg kamen ins Gespräch. Raumplaner legten eine positive Kosten-Nutzen-Rechnung vor, und endlich wurde am 1. und 2. März 1986 das Volk befragt. 56,02 Prozent sagten Ja zur Landeshauptstadt, und mit 44,63 Prozent der Stimmen bekam St. Pölten den Zuschlag.

Als Wien noch bei Niederösterreich war: Gemeinsame Landtagssitzung im NÖ Landhaus in der Wiener Herrengasse

Johann Mayer, der erste Landeshauptmann des von Wien getrennten Bundeslandes Niederösterreich

Das Verhältnis zwischen Wien und Niederösterreich bleibt sensibel. Das liegt am komplizierten Verlauf der Grenze. Das niederösterreichische Vösendorf zum Beispiel zapft mit der Shopping City Süd urbane Kaufkraft an und ist so zur reichsten Gemeinde Österreichs geworden. Teilweise folgt die Stadtgrenze der Triester Straße. Für einen Straßenrand sind also die Wiener zuständig, für den anderen die Niederösterreicher, hier Polizisten, dort Gendarmen, hier die städtische Feuerwehr, dort die Freiwillige Feuerwehr. So geht das Verwirrspiel weiter, rund um die Stadt. Und um die Angelegenheit noch komplizierter zu machen: Mit den Trassen der beiden Hochquellenwasserleitungen zieht sich Wiener Grundbezirk in schmalen Streifen durchs Land.

Aber auch ungeachtet aller Grenzen und Besitzverhältnisse bleibt eine Großstadt wie Wien nicht ohne Auswirkungen auf das umgebende Land. Überzeugte Niederösterreicher arbeiten in Wien, überzeugte Wiener wohnen in Niederösterreich, und die wirtschaftliche Verflechtung ist dicht wie eh und je. Dennoch bleibt Eigenständigkeit gewahrt und vor allem jene Vielfalt, die das weite Land für seine Bewohner und ihre Gäste so interessant und liebenswert macht.

Links:
St. Pölten: Die Bibliothek des einstigen Augustiner-Chorherren-Stiftes

Vom Werden des Landes

Lange bevor Österreich, und damit das spätere Niederösterreich, anfing, zu einem geografisch einigermaßen bestimmten Staatsgebilde heranzuwachsen, das auch einen verbrieften Namen trug, war dieses Gebiet von Menschen besiedelt.

Jäger und Sammler probten als Höhlenbewohner mit primitiven Steinwerkzeugen bereits in der Eiszeit die Zivilisation. Sie wohnten im Tiefland, wie die Funde aus der Gudenushöhle bei Burg Hartenstein im Kremstal belegen, oder auch hoch in den Kalkalpen. Mit dem Anstieg der Temperaturen wurde das Leben für die frühen Vorfahren der Niederösterreicher etwas leichter, und schon regte sich Kreativität. Felsbilder und Kultgegenstände wurden geschaffen. Die „Venus von Willendorf", die ihren Namen vom Fundort in der Wachau ableitetet, ist eine elf Zentimeter hohe Statuette, ein dralles, unübersehbar weibliches Fruchtbarkeitssymbol aus Kalkstein und über 25.000 Jahre alt. Noch älter, nämlich 32.000 Jahre, jedoch um rund vier Zentimeter kleiner und aus Schiefer ist eine weitere Frauenstatuette, die auf niederösterreichischem Boden gefunden wurde: auf dem Galgenberg zwischen Stratzing und Rehberg nahe Krems.

Skulptur der „Venus von Willendorf" an ihrem Fundort in der Wachau

Erstaunlicherweise sind auch viele Erdbauten über Jahrtausende hinweg erhalten geblieben, darunter Kreisgrabenanlagen aus der Jungsteinzeit, wie man sie zum Beispiel im Weinviertel in beeindruckend großer Zahl gefunden hat. Bei Poysdorf gibt es sogar eine urzeitliche Befestigungsanlage, ein großes Oval mit Wall und Graben auf dem „Schanzboden". Die Funde sind im Museum für Urgeschichte in Asparn an der Zaya und im Poysdorfer Stadtmuseum zu sehen.

Unberührt von den Stürmen der Geschichte stehen Grabhügel aus der Hallstattzeit im Land. Der mächtigste, gut 16 Meter hoch, steht bei Großmugl unweit von Stockerau im fruchtbaren Ackerland.

Römisches Niederösterreich

So bemerkenswert Funde und Bauwerke aus prähistorischer Zeit auch sein mögen, wirklich fassbar wird die kulturelle Entwicklung erst mit dem Griff Roms nach dem Land an der Donau.

Die germanischen Stämme hatten sich angesichts der neuen Gefahr in befestigten Hochsiedlungen verschanzt. Das hinderte die Römer nicht daran, mit sanfter Gewalt das keltische Königreich Norikum in ein römisches Noricum zu verwandeln. Nur die Germanenstämme nördlich der Donau blieben weitgehend unbehelligt. Die Römerlager waren auch Keimzellen der späteren Siedlungsgeschichte: Aequinoctium wurde zu Fischamend, Alamnova zu Schwechat, Vindobona zu Wien, Aelium Cetium zu St. Pölten und Comagena zu Tulln.

Vor allem aber machten sich die freundlichen Besetzer um die Errichtung eines vorbildlichen Straßennetzes verdient. Noch die Kutschen der Habsburger befuhren weite Strecken der alten Römerstraßen, und auch heute folgen Verkehrswege diesen Trassen. In Carnuntum und Lauriacum (Lorch) war die römische Donauflotte stationiert. Die Römer brachten mit der

Das Heidentor von Carnuntum

Die Reste des im Zweiten Weltkrieg zerstörten Schlosses Immendorf im Weinviertel

*Seite 56/57:
Der Karner von Ulrichskirchen im Weinviertel*

Errichtung von Ziegelbrennereien Schwung ins Baugeschehen, sie modernisierten den Bauernstand und im Besonderen die Ackerwirtschaft. In ihrem Drang nach Komfort und gesunder Entspannung entdeckten sie heute noch gerühmte Heilquellen wie die von Bad Deutsch-Altenburg an der Donau und Baden bei Wien. Entlang der Donau errichteten sie den Limes, eine Kette von Grenzschutzanlagen, deren Kastelle jeweils 14 Kilometer voneinander entfernt waren. Carnuntum, die östlichste und älteste Befestigung, war eine Großstadt, bedeutender als Vindobona. An die 100.000 Einwohner lebten hier.

Blick von der Ruine auf Dürnstein

Urgeschichtsmuseum in Asparn an der Zaya, Weinviertel

Detail der römischen Straßenkarte „Tabula Peutingeriana“

Seite 60/61:
Die Kalkklippe von Staatz
im Weinviertel

Verwehte Spuren: Bildstock in einem
spätsommerlichen Sonnenblumenfeld
im Weinviertel

Rechts:
Auf dem Galgenberg von
Oberstinkenbrunn im Weinviertel

Die neue Ordnung

Fast 500 Jahre blieben die Römer. Erst der Sturm der Völkerwanderung ließ das ohnedies schon brüchig gewordene Staatsgefüge zerbrechen, und das Land an der Donau wurde zu einer mehr als bunt bevölkerten Bühne europäischer Geschichte. Erst 768, als Karl der Große die fränkische Königswürde erlangte, kam einigermaßen Ordnung ins Geschehen. Zur Grenzsicherung schuf er Marken, und eine von ihnen, die Awarische Mark, begleitete die Donau von der Enns bis zum Wienerwald. 907 machten die Magyaren diesem schönen Beginnen ein gewaltsames Ende, und erst ihre Niederlage auf dem Lechfeld knapp 50 Jahre später bewog sie, über ein friedliches Leben innerhalb fester Grenzen nachzudenken. Otto I. ging unverzüglich daran, die Marken neu zu errichten. 976 kamen mit Graf Leopold die Babenberger ins Land und blieben stolze 270 Jahre an der Macht.
Leopold I. residierte vorerst in Pöchlarn und später in Melk. Kaum einer macht sich Gedanken darüber, dass der Felsrücken, den heute das Stift Melk so harmonisch und kostbar überhöht, vor mehr als 1.000 Jahren Sitz der ersten österreichischen Regierung war. Als Leopold I. 976 sein Amt antrat, hießen die Babenberger allerdings noch Liutpoldinger, und Österreich war die Marcha Orientalis, die Mark im Osten. An die 100 Jahre residierten die Babenberger in Melk; einige von ihnen sind mit ihren Frauen und Kindern hier auch bestattet.
Leopold richtete vorerst ein Weltpriester-Kanonikat ein. 1089 wurden Benediktiner nach Melk berufen,

Deckenfresko in der Melker Stiftsbibliothek

Rechts: Mönchische Gelehrsamkeit in der Bibliothek des Stiftes Heiligenkreuz

und damit wurde die Residenz zur Klosterburg. Markgraf Leopold III. nahm eine großzügige Neustiftung vor. Außerdem war Melk nicht vom Passauer Bischof abhängig, sondern Rom direkt unterstellt. Mit der Ausdehnung der Babenbergermark nach Osten verlagerte sich das Interesse der Herrscher auf Klöster wie Heiligenkreuz im Wienerwald oder Klosterneuburg an der Donau. 1155 riefen die Babenberger die „Schotten", irische Mönche, nach Wien und verlegten auch ihre Residenz dorthin. Für Melk war die Gelegenheit, Österreichs Hauptstadt zu werden, somit vertan.

Stift Melk hingegen, seiner Regierungsgeschäfte ledig, konnte darangehen, mittelalterliches Klosterleben zu vertiefen. Das Geschichtswerk „Breve chronicon Mellicense" entstand, der Laienbruder Heinrich von Melk schuf in seinem Werk „Von des tôdes gehugde" (Erinnerung an den Tod) eine schockierend naturalistische Betrachtung der Qualen der Hölle, und die erste namentlich bekannte Dichterin Österreichs, Frau Ava, verfasste das „Leben Jesu". Zum

In der Bibliothek des ehemaligen Augustiner-Chorherren-Stiftes in St. Pölten

Kloster gehörte schon in der Zeit der Babenberger eine befestigte Siedlung am Fuße des Felsens – das heutige Melk –, und es dürfte auch sonst nicht an weltlichen Gütern gemangelt haben, besaß doch das Stift selbst ritterliche Dienst- und Lehensleute.

Noch bevor die weltliche Verwaltung des Landes so richtig funktionierte, verdichtete sich das Netzwerk der Kirche. Ob Melk, Dürnstein oder Göttweig, Geras, Zwettl oder Altenburg, Herzogenburg, Klosterneuburg, Heiligenkreuz, Lilienfeld oder Seitenstetten – die Klöster waren Keimzellen der

Zivilisation, auch Ordnungsmacht in einem weitgehend rechtsfreien Raum.
Während also die Klöster überall im Lande geistliche, kulturelle und wirtschaftliche Pionierarbeit leisteten, versuchten gleichzeitig weltliche Herrscher im dünn besiedelten „Wilden Osten" des römisch-deutschen Kaiserreiches Fuß zu fassen.
Dabei ging es natürlich nicht nur um die edle Aufgabe, Bedrohungen abzuwehren und das Land zu kultivieren: Die Zeit war gekommen, Herrschaftsbereiche für ein künftiges Spiel um Macht und Reichtum abzugrenzen. Aber es galt auch die wichtigsten Siedlungen durch Festungsbauten zu schützen: Die alten Wallanlagen wurden durch Steinbauten ersetzt. Nicht romantischer Schönheitssinn bestimmte das Aussehen dieser Trutzburgen, sondern ihr Zweck. Sie waren dazu da, finster und abschreckend zu wirken und im Ernstfall sicheren Schutz zu bieten. Erst Jahrhunderte später, nach der gänzlichen Überwindung der Türkengefahr, konnten die Burgherren daran denken, ihre ungemütlichen Gemäuer durch repräsentable Schlösser zu ersetzen.

Das Jagdschloss Mayerling

Rechts:
Baronesse Mary Vetseras letzte Ruhestätte: Der Friedhof von Heiligenkreuz

Schloss Mayerling:
Der Teesalon

FAMILIE WINTER
FAMILIE STEINER
FAMILIE MOSER
FAMILIE FAHRENBERGER
FAMILIE SPERL
Nesitzky
Josef 1866 – 1942
Josefa 1887 – 1952
Maria 1921 – 1995

Jagdbläser vor dem Schloss Artstetten, in dem Franz Ferdinand, Erzherzog von Österreich-Este, begraben liegt

Schlossherrin Anita Hohenberg in der Gruft ihrer Ahnen

Seite 70/71:
Der „Vierkanter Gottes“: Das Benediktinerstift Seitenstetten

Das Augustiner-Chorherren-Stift Klosterneuburg

Die Riede
„Schwarzes Kreuz“
bei Klosterneuburg

Urkund dessen

Doch zurück ins Reich der Babenberger. Im Jahr 996 kam das heutige Neuhofen an der Ybbs zu der Ehre, in einer Urkunde genannt zu werden, in der auch der Name Österreich als „Ostarrîchi" erstmals festgehalten wurde.

Kaiser Otto III. ließ jenes Dokument ausstellen, das eine Schenkung an die bischöfliche Kirche zu Freising bestätigt: 30 Königshufen nebst Zubehör in „Niuvanhova" – Neuhofen also –, in einer Gegend, „die in der Volkssprache Ostarrîchi heißt". Noch keine 16 Jahre war der Kaiser damals alt, als er, des Schreibens nicht kundig, den Vollziehungsstrich durch das Herrschermonogramm zog. Dieser feinsinnige Fantast, der von der Wiedererrichtung des römischen Weltreiches träumte, weilte nur 22 Jahre in dieser Welt. Aber er gab Österreich – und damit Niederösterreich – fast so etwas wie einen Taufschein.

Dieses frühe Österreich, noch kein Staat, doch schon mit einigen Konturen versehen, wurde zunehmend dichter besiedelt. An der Donau, an wichtigen Verkehrswegen und im flachen Land entstanden kleine Ballungsgebiete, wuchsen Städte, von denen manche im Kern auch heute noch ihr mittelalterliches Gepräge erahnen lassen.

Als die Babenberger ausstarben, hinterließen sie etwa im Raum des heutigen Niederösterreich ein wirtschaftlich und kulturell aufstrebendes Land, mit anderen Worten: ein Objekt der Begierde für Herrscher aller Art. Dem Interregnum, dem Glück und dem Ende König Ottokars, folgte die Herrschaft des siegreichen Habsburgers Rudolf I. Von da an war die Dynastie der Habsburger die bestimmende Kraft in Österreich, was immer man zur jeweiligen Zeit unter diesem Österreich verstehen oder vermuten mochte.

In den folgenden fünf Jahrhunderten ließen Urkundenfälschungen, weitblickende oder auch hinterlistige Erbverträge, eine ausgeklügelte Heiratspolitik und zwischendurch ein wenig Säbelrasseln das Reich der Habsburger wachsen. Auch wenn die Verteilung auf Seitenlinien oder Streitigkeiten die Einheit beeinträchtigten – es blieb ja doch im Grunde genommen eine Familienangelegenheit.

In diesem Zusammenhang stellt sich auch die Frage nach dem Werden einer speziell niederösterreichischen, ja österreichischen Identität.

Der „Taufschein" Österreichs

Die babenbergische Markgrafschaft wurde 1156 durch das Privilegium minus zum Herzogtum erhoben. Das Privilegium minus ist die erste schriftlich abgefasste Belehnung durch einen deutschen König. Diesem Schriftstück ging am 8. September 1156 ein mittelalterliches Gipfeltreffen voraus: Die Fürsten des Reiches waren nach Regensburg, dem Zentrum der bayerischen Macht und der Residenz zahlreicher Herzöge, zu einem festlichen Hoftag geladen, auf dem Österreich zum selbständigen Herzogtum gemacht werden sollte. Der Babenberger Heinrich II. achtete aber trotz seines hohen Ranges auf allerhöchste Empfindsamkeiten und verzichtete darauf, erhobenen Hauptes in die Stadt einzuziehen: Er und sein Tross lagerten unweit von Regensburg auf den Barbinger Wiesen. Der Hoftag nahm diese höfliche Geste beifällig zur Kenntnis und schickte sich seinerseits an, dem Ehre zu erweisen, dem Ehre gebührte: Der feierliche Festakt wurde im Zeltlager des Babenbergers zelebriert. Heinrich Jasomirgott übergab symbolisch sieben Fahnenlanzen an Kaiser Friedrich I. Barbarossa und leistete damit Verzicht auf das Herzogtum Bayern. Heinrich der Löwe nahm daraufhin diese Lanzen als künftiger Herzog von Bayern entgegen, reichte aber zwei davon dem Kaiser, der sie wiederum Heinrich Jasomirgott anvertraute: Somit war Österreich aus dem Herrschaftsbereich Bayerns gelöst. Warum zwei Fahnen für Österreich bestimmt waren, ist umstritten; es könnte sein, dass eine davon für die einflussreiche Frau Heinrichs bestimmt war.

Drei Tage später jedenfalls hielt der Babenberger das Privilegium minus in der Hand, das ihm Souveränität in erstaunlichem Ausmaß bestätigte. Österreich erhielt Vorrechte wie kein anderes deutsches Land: weibliche Erbfolge, unabhängige Gerichtsbarkeit, beschränkte Heerfahrtspflicht. Kurzum, Österreich war auf dem Weg zur Eigenstaatlichkeit ein entscheidendes Stück vorangekommen. Als habsburgisches Kernland wurde das heutige Niederösterreich ab dem 16. Jahrhundert „Erzherzogtum Österreich unter der Enns“ genannt. Grundlage für diese Bezeichnung war das Privilegium maius, eine dreiste, aber erfolgreiche Fälschung. Der Habsburger Herzog Rudolf IV. hatte 1356 einigen Ärger mit der von Kaiser Karl IV. erlassenen Goldenen Bulle, mit der Österreich seine Sonderstellung, die ihm das Privilegium minus eingeräumt hatte, teilweise einbüßte; überdies wurden die Habsburger im Kurfürstengremium übergangen, während die Luxemburger mit den Stimmen Böhmens und Brandenburgs gleich zweimal vertreten waren.

Österreichs Herzog dachte gründlich nach und ließ drei Jahre später in seiner Wiener Kanzlei gleich fünf Schriftstücke fälschen, wobei er mit List das echte kaiserliche Siegel des Privilegium minus verwendete und die Existenz des Dokuments fortan leugnete. Ein angeblicher Brief Kaiser Friedrichs I. Barbarossa gab aber den Text des Privilegium minus wieder, nicht ohne weitere erfreuliche Sonderrechte hinzuzufügen. Diesen Brief bestätigte ein Schreiben Heinrichs VII. aus dem Jahr 1228 und erweiterte seinen Inhalt. Darauf folgte ein Schriftstück Kaiser Friedrichs II., das mit dem Jahr 1245 die tatsächliche Bestätigung des Privilegium minus auf das Privilegium maius bezieht, und zu guter Letzt ließ König Rudolf I. 1283 schriftlich wissen, dass sämtliche Privilegien zu Recht bestünden. Der herzogliche Schwindler befand sich mit seinem Tun durchaus in bester Gesellschaft: Fälschungen waren damals üblich im politischen Ränkespiel. Das Privilegium maius erwies sich sogar als eine schlagkräftige Waffe: 1453 wurde seine Richtigkeit von Kaiser Friedrich III. bestätigt – einem Habsburger, wie sich denken lässt.

Statuen auf dem Heldenberg bei Kleinwetzdorf im Weinviertel

Seite 74:
Mittelalterliches Treiben am Stadtplatz von Eggenburg im Weinviertel

Eggenburger Ritterspiele

Seite 76/77:
Der Hauptplatz der alten Kuenringerstadt Weitra im Waldviertel

Nach dem Ende der Monarchie führte die neue Landesverfassung den Namen „Niederösterreich“ ein. Sehr tief in die Geschichte reicht hingegen der Ursprung des Landeswappens. Es geht auf einen mit goldenen Adlern bestreuten Wappenschild zurück, der Leopold dem Heiligen zugeschrieben wird. Auf Glasscheiben im Stift Klosterneuburg, die um 1330 entstanden sind, ist dieses Fünfadlerwappen zu sehen, in Gelb-Schwarz, was Fachleute auf technische Schwierigkeiten bei der Herstellung der Gläser zurückführen. Die bis heute gültige Farbkombination Blau-Gelb findet sich aber schon auf Stoffstücken eines Klosterneuburger Ornates, die um 1260 datiert werden. Erst als Niederösterreich 1920 eine demokratische Landesverfassung bekam, war eine grundlegende Änderung erforderlich: Das Wappen mit den fünf goldenen Adlern trug fortan statt eines Herzogshutes eine Mauerkrone. Zwar ist Niederösterreich nicht ummauert, aber einige alte Städte sind es, und so steht eben der Teil fürs Ganze.

Jedenfalls war das Land unter der Enns viele Jahrhunderte lang für ein Habsburgerreich, dessen innere und äußere Grenzen sich unaufhörlich veränderten, ein vertrauter Faktor von beruhigender Kontinuität gewesen. Auch als Österreich nach dem Untergang der Donaumonarchie als erschütternd kleiner Rest überdauern musste, blieb das alte Herzstück zwischen Enns und March, zwischen Thaya und Leitha fast unversehrt erhalten.

Oben:
Der Babenberger Leopold III. der Heilige

Unten:
Der österreichische Erzherzogshut

Rechts:
Johann Lukas von Hildebrandt

Die Residenzstadt Wien mag österreichische Geschichte erzählen, doch das Land kennt noch einige Geschichten dazu. Zum Beispiel jene von den Schlössern im Marchfeld.

Prinz Eugen von Savoyen gab Johann Lukas von Hildebrandt den Auftrag, das alte Schloss Hof zu einer glanzvollen Sommerresidenz auszubauen, einer ländlichen Zuflucht für sich und seine Freunde. Dies „tusculum rurare“ suchte allerdings seinesgleichen: Die erlesene Architektur des Schlosses fortsetzend, senkte sich ein Prachtgarten, reich geschmückt mit Statuen, Pavillons und Laubengängen zum Ufer der March. War dem Prinzen nach Abwechslung zu Mute, sollte es daran nicht mangeln: Als reichster Grundherr im Marchfeld besaß er auch noch Obersiebenbrunn und Niederweiden. Nur elf Jahre blieben ihm, sich an seinen schönen Besitzungen zu erfreuen. Als er, noch immer gezeichnet von den Strapazen des Feldzuges gegen Frankreich, 1735 von einem seiner letzten Aufenthalte im Marchfeld nach Wien zurückkehrte, notierte die Oberhofmeisterin der Erzherzogin Maria Theresia melancholisch: „Unser Prinz Eugen ist zurückgekommen, wie er fortgefahren ist, das heißt geschwächt im Geist und auch am Körper. Er hatte einige Tage auf seinem Landgut verbracht, umgeben von einer großen Gesellschaft, die sich Mühe gab, ihn aufzumuntern: mit Maskeraden und allerlei Kinderspielen, die eher zu der Schwäche seines hohen Alters als zu seinem Charakter passten.“

Ein leises Ende ganz anderer Art wurde auf Schloss Eckartsau besiegelt. Ursprünglich als Wehrbau zur Grenzsicherung errichtet, fand das Gemäuer später als Jagdschlösschen Verwendung. Noch 1908 frönte hier Erzherzog Franz Ferdinand d’Este dem Weidwerk: sein zweitausendster Hirsch war ein kapitaler Achtzehnender. Sechs Jahre später fielen die Schüsse von Sarajevo, Europa versank in einem Inferno von Blut und Asche. Als endlich die Waffen schwiegen,

Das Jagdschloss Niederweiden im Marchfeld

Eingang zum Park von Schloss Hof an der March

war es auch um das Habsburgerreich geschehen: Kaiser Karl I. verzichtete am 11. November 1918 auf die Regierungsgewalt, verkroch sich in Eckartsau und fror. Sehr behaglich waren Schlösser im Winter ja nie, aber für einen gewesenen Monarchen verbrannte sich erst recht keiner die Finger. Am 23. März 1919 fuhr der Hofzug vom Bahnhof Kopfstetten ab. Es war kein großer Abschied, kaum einer schaute zu. Das Ende Österreich-Ungarns war still und verhalten, die Verzweiflung halbwegs verhüllt von schütterer Würde.

Das Barockschloss Marchegg

Im Jagdmuseum des Schlosses Marchegg

Tradition und Zukunft

Als in der frühen Jungsteinzeit die ersten Siedler im Gebiet des heutigen Niederösterreich als Bauern sesshaft wurden, mussten sie feste Unterkünfte errichten. Sie wurden also auch zu Baumeistern, die Architektur schufen. In dieser Architektur entwickelten sich allmählich bestimmte Bauformen und Strukturen, weil die Behausung so gut wie möglich dem Klima, der Landschaft und der bäuerlichen Arbeit entsprechen sollte und immer mehr praktische Erfahrung und gegenseitig ausgetauschtes Wissen zusammenkamen. Derartige, im besten Sinne des Wortes naive bäuerliche Architektur ist von jeher mit Grundsätzen vertraut, die neuere Architekten erst allmählich wieder für sich entdecken: Die Häuser hatten stets eine Beziehung zur Landschaft, zur Bodengestalt, zur Vegetation; Form und Funktion entsprachen einander, die Dimensionen waren auf das menschliche Maß abgestimmt.

Immer schon gehören auch Bäume zu solchen Bauwerken. Von ihrer alten mythischen Bedeutung einmal abgesehen, bilden ihre Kronen ein schützendes Dach, mit kühlem Schatten darunter. Bäume gehören zu Dorfplätzen und Stadtkernen, machen Presshäuser, aber auch Kapellen erst komplett oder weisen, zur Allee gereiht, auf ein feudales Bauwerk hin.

Im Tower des Flughafens Wien-Schwechat

Das Verlangen nach Schutz und Gemeinschaft ließ die Häuser zusammenrücken: Dörfer entstanden. Bereits im 9. Jahrhundert wurden südlich der Donau die ersten Streusiedlungen gebaut. Damit waren Strukturen geschaffen, die noch heute sichtbar sind. Erst Jahrhunderte später wurden das Wein- und das Waldviertel besiedelt.

Zu den Einzelhöfen und Haufendörfern kamen planmäßig angelegte Straßen- und Angerdörfer. Neben diesen noch heute erkennbaren mittelalterlichen Siedlungsformen bilden die Vierkanthöfe und Einzelgehöfte im Alpenvorland besonders eindrucksvolle Denkmäler bäuerlicher Landnahme.

Vor allem im Weinviertel zeichnen die Kellergassen eigenwillige und doch harmonische Strukturen in die Landschaft. Die langen Reihen der Presshäuser folgen Geländekanten oder schmiegen sich in Hohlwege. In den Kellergassen werden Trauben zu Wein, und zwar in umittelbarer Nachbarschaft zu den Rebstöcken. Ein heutiger Unternehmensberater hätte seine Freude daran: kurze Wege, Synergieeffekte, ideale Lagerung bei niedrigem Energieverbrauch.

Kirchgang in der Wachau

Seite 84/85:
Moderne Architektur an der Traisen: Das Regierungsviertel von St. Pölten

Zwerchhof aus Prottes im Freilichtmuseum Niedersulz, Weinviertel

Der Teisenhoferhof in Weißenkirchen, Wachau

Die Lederhosenwerkstatt Emmerich Buben in Lunz am See

Die Kartause Gaming

Das Zisterzienserstift Lilienfeld

Die Sakrallandschaft

Eine völlige andere Formensprache kam hingegen mit der Christianisierung ins Land, eine übergeordnete Architektur des Glaubens, repräsentativ und kostbar im Stil der jeweiligen Epoche oder auch als klarer Ausdruck schlichter Frömmigkeit. Mit der Herrschaft der Babenberger und dem Wirken der Kirche begann neben der umfassenden Kultivierung des Landes auch die reiche Tradition sakraler Kunstgeschichte in Niederösterreich. Ein wenig vom feier-

Romanische Plastik an der Apsis der Kirche von Schöngrabern im Weinviertel

lichen Gestus der Gotteshäuser blieb für das Pfarrhaus übrig.

Auf der Suche nach den ältesten Baudenkmälern des Christentums im Land unter der Enns führt der Weg nach Wieselburg. Schon um 900 soll auf einem Geländesporn über dem „Zwiesel“, dem Zusammenfluss von Großer und Kleiner Erlauf, eine Verteidigungsanlage existiert haben. In der zweiten Hälfte des 10. Jahrhunderts ließ sie Bischof Wolfgang von Regensburg zu einem festen Wehrbau erweitern, um das schon bestehende Steinakirchen abzusichern. Zu diesem Komplex gehörte eine quadratische Wehrkirche mit achteckiger, freskengeschmückter Kuppel, auch als „Ottonisches Oktagon“ bekannt.

Details des Verduner Altars im Stift Klosterneuburg

Ein weiteres Bauwerk aus dieser Zeit ist die Kirche von Burg Oberranna mit doppelten Querschiffen und einer bemerkenswerten Krypta. Eindrucksvolle Zeugnisse der Hochromanik stellen hingegen Kloster und Kirche Heiligenkreuz und der Kapitelsaal im Stift Zwettl dar.

Modell der Klosterkirche Zwettl mit Gründern

Ein sehr augenfälliges, wenn auch in seiner Entstehungsgeschichte noch nicht gänzlich geklärtes Beispiel für die Bauplastik jener Zeit ist die figurale Ausstattung der Kirche von Schöngrabern im Weinviertel. Dieser Saalbau, mit eingezogenem Chor und Rundapsis, entstand Anfang des 13. Jahrhunderts. Die Figuren der Außenseite der Apsis zeigen biblische Motive: den Sündenfall oder Kain und Abel vor dem Thron Gottes. Die anderen Gruppen knüpft ein übergeordnetes Thema lose aneinander: Seele und Leib, Moral und Unmoral kämpfen gegeneinander. Es ist kaum vorstellbar, dass diese Reliefs nur eine steinerne Predigt für des Lesens nicht kundige Leute sein sollten.

Der Kuenringer-Stammbaum aus dem Zwettler Stiftungsbuch

Selbstbewusste Frömmigkeit bedient sich ungeniert und sinnlich überkommener Symbole. Solches wäre den Kuenringern durchaus zuzutrauen, die ja auch tatsächlich als Bauherren in Betracht kommen. Auch Kunstschätze bestätigen der Romanik in Niederöstereich hohes Niveau. Dazu zählen in Klosterneuburg der Verduner Altar und der siebenarmige Leuchter, die Malereien auf Glas und in Büchern des Stiftes Göttweig und das Melker Kreuz sowie das Tragaltärchen der Markgräfin Svanhilde in Melk.

In der ersten Hälfte des 13. Jahrhunderts blühte, gefördert von dem Babenberger Friedrich II., noch einmal der Baustil der Romanik auf, gleichzeitig begann sich das Formempfinden der Gotik durchzusetzen.

Das „Ottonische Oktagon“ in der Pfarrkirche von Wieselburg

Ein vermutlich keltischer Kultstein vor dem Gotteshaus von Ulrichskirchen im Weinviertel

OVILA
HOMO

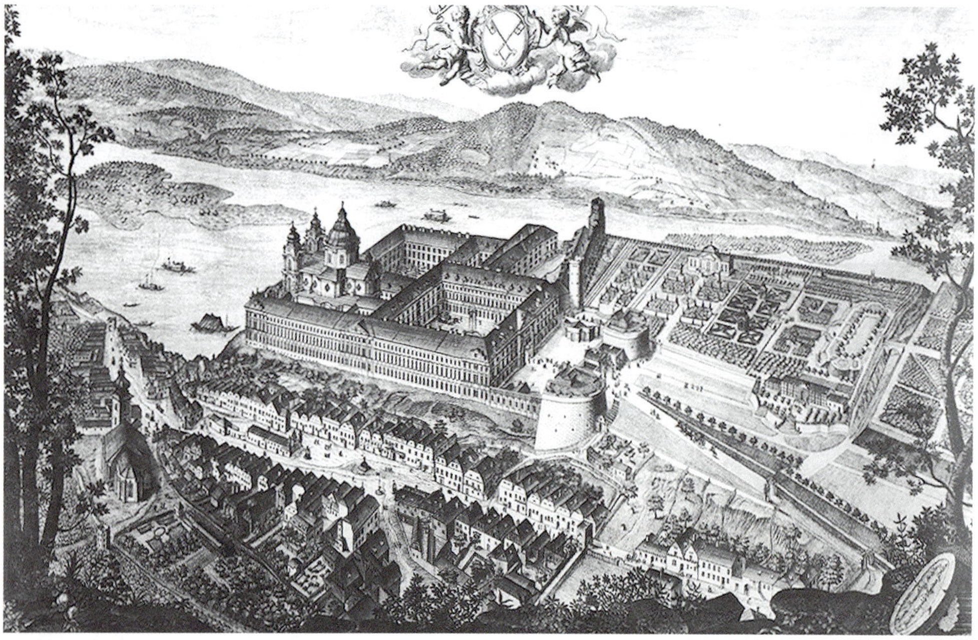

Melk: Ort und barocke Klosteranlage nach einem Stich von Matthäus Merian

Mitte: Das Melker Kreuz

Der so entstandene Mischstil manifestiert sich besonders schön in den Kreuzgängen von Zwettl und Heiligenkreuz. Das 1202 gegründete Stift Lilienfeld hingegen zeigt schon alle Merkmale eines gotischen Sakralbaus. Doch erst als die Habsburger im Land unter der Enns regierten, wurde die Gotik zur bestimmenden Baugesinnung. An der Wende vom 13. zum 14. Jahrhundert entstanden lange, hohe Hallenchöre, etwa jene der Kartausen von Mauerbach, Gaming und Aggsbach. Feierlich und asketisch wirken diese einschiffigen Gotteshäuser. Chor und Brunnenhaus von Stift Heiligenkreuz wurden als Sakralbauten von europäischem Rang beispielgebend für die Ausprägung der Gotik in Niederösterreich.

Reformation und Aufklärung boten wenig Anreiz zur architektonischen Verherrlichung höherer Mächte, doch mit der Gegenreformation feierte die katho-

Die Kartause von Aggsbach Dorf in der Wachau

Triumphales Barock am Tor zur Wachau: Das Benediktinerstift Melk

lische Kirche eine demonstrativ triumphale Wiederauferstehung. Mit dem Barock erfuhr die gesamte bildende Kunst ungemein kraftvolle Impulse. Die großen Meister dieser Epoche – Johann Bernhard Fischer von Erlach und sein Sohn Joseph Emanuel, Johann Lukas von Hildebrandt, Jakob Prandtauer und Josef Munggenast – verschwendeten keinen Gedanken an spröde Transzendenz oder mystische Durchdringung. Sie huldigten dem Glanz des Himmels und der Macht des Glaubens mit überschwänglichem Pathos, einem betäubenden Reichtum von Formen und Farben und gottgefälliger Sinnlichhkeit. Überall im Land wurde gebaut, veränderten Klöster ihr altes Gesicht oder entstanden neu, erhielten Kirchen ihr barockes Gepräge. Deutlicher als je zuvor wurde die Landschaft Niederösterreichs auch zur Sakrallandschaft. Wallfahrtskirchen schauten weit übers Land, Kalvarienberge wiesen den Weg himmelwärts, Bildstöcke, Kreuze und Wegkapellen setzten fromme Markierungen.

Die erstaunliche Dynamik dieser Entwicklung kam jedoch durch den Regierungsantritt Josephs II. fast übergangslos zum Stillstand. Mehr noch: Klöster wurden aufgelassen, Wallfahrtsorte ihrer Bedeutung beraubt. Dem Klerus wie auch dem Adel standen nunmehr deutlich geringere Einkünfte zur Verfügung, und damit waren den größten Bauherren im Lande die Hände gebunden.

*Meditatives Fasten
im Waldviertler
Kloster Pernegg*

*Stift Geras:
Abt und Manager
Joachim Angerer*

Schlösser, Bürgerhäuser und Fabriken

Wie der Klerus, so hatten stets auch die weltlichen Herren des Landes Anlass, sich mit Herrschaftshäusern, Burgen und später mit Schlössern architektonisch eindrucksvoll in Szene zu setzen: Die Zeit der Renaissance ließ im Land unter der Enns so repräsentative Schlösser wie Greillenstein, die Rosenburg oder die Schallaburg entstehen. Ihnen folgten prunkvolle Barockschlösser, wie jene im Marchfeld.
Neben der Welt der Kirche und des Adels gewann aber schon im Mittelalter die Welt der Handwerker und Händler, die selbstbewusste Architektur eines erstarkenden Bürgertums an Bedeutung und prägte die wachsenden Städte. Das Land unter der Enns, von wichtigen Handelswegen durchzogen und ohne nennenswerte geografische Barrieren an den Grenzen, habsburgisches Kernland überdies, die Residenzstadt Wien inmitten, war von jeher offen für neue Ein-

Oben:
Das Renaissance-Schloss Schallaburg bei Melk

Schloss Schwarzenau im Waldviertel

flüsse und Entwicklungen. Auch im lange Zeit bäuerlich geprägten Niederösterreich gab es schon sehr früh Vorläufer späterer Industriebetriebe. Bereits im 13. Jahrhundert war der Name „Eysenwurtzel" der Begriff für eine Region, in der Eisen verarbeitet wurde. Die Hammerherren, auch „Schwarze Grafen" genannt, bauten später dort prächtige Wohnsitze, deren Ähnlichkeit mit den Schlössern des Adels keineswegs unbeabsichtigt war.

Die industrielle Revolution stellte dann gewaltige Fabriken ins Land, deren Architektur nicht nur dem Zweck entsprach, sondern immer auch an Feudalbauten gemahnte. Der neue Geldadel setzte sich eben Denkmäler, und neben dem Kirchturm gehörte nun ein rauchender Schlot zum Ortsbild.

Oben:
Seit Jahrhunderten Stammsitz der Kuefsteiner: Schloss Greillenstein

Nebel über dem Lunzer See im Ötscherland

Am Walcherbauernhof bei Lunz am See

Der Fahrngruberhammer in Ybbsitz

Seite 100/101: Versunkene Arbeitswelt neu belebt: Der Fahrngruberhammer als Schauschmiede

Der Kurpavillon
in Payerbach

Unterwegs im Land unter der Enns

Das alles stand in krassem Gegensatz zur schon im Biedermeier entdeckten Liebe zur romantischen, mit Versatzstücken hübsch ausgestatteten Landschaft. Während sich die Welt rings um die Fabriken beunruhigend radikal veränderte, die vordem so fest gefügte Gesellschaftsordnung in Frage gestellt werden musste und nicht einmal auf Kaiser und Hofstaat wirklich Verlass war, schien wenigstens die Welt am Busen der Natur noch in Ordnung zu sein. Sommerfrischler flüchteten in die Vorstädte Wiens und, mit zunehmend besseren Verkehrsverbindungen, weiter hinaus auf das Land. Wer es sich leisten konnte, gönnte sich gar eine Villa im Grünen. Tatsächlich brachte aber dieser theatralische Rückzug ins Bauernland einer Kulturlandschaft, die sich durch Jahrhunderte im Einklang mit dem Leben ihrer Bewohner entwickelt hatte, einen artifiziellen Überbau. Statt auf dem Lande zu leben, dekorierten sich die Städter das Land nach ihren Vorstellungen zurecht. Die neu entdeckte Mobilität trug dazu bei, einst sauber voneinander getrennte Lebensbereiche zu durchmischen. In früheren Zeiten war es keineswegs selbstverständ-

Sommerfrische anno 1876:
Baronin Sommaruga auf der
Veranda ihrer Villa in Reichenau

Züchtung von Araberpferden im Schlossgut Klafterbrunn, Traisental

lich, reisend in Niederösterreich unterwegs zu sein. Kaiser und Hofstaat reisten, wenn es die Politik erzwang, Händler waren unterwegs, weil Geld auch Gefahr und Mühsal aufwog, Pilger machten sich auf den Weg, weil es der Glaube so gebot.

Immerhin gab es im Land unter der Enns mit der Donau eine Wasserstraße, die internationale Wirtschaftsbeziehungen ermöglichte, Kulturen miteinander in Kontakt brachte und großräumige politische Entwicklungen ermöglichte. Schon der Fernhandel in der Hallstattzeit brachte Güter aus weit entfernten Ländern auch nach Niederösterreich, die Kultur der Kelten war mit dem großen Strom verbunden, die Römer nutzten ihren Grenzfluss intensiv als Transportweg für Waren und Truppen, und der heilige Severin erwies sich auf der Donau auch als Pionier

Frühe Dampfschifffahrt auf der Donau vor dem nutzlos gewordenen Treppelweg in Stein

Unten: Ein Stück Römerstraße in Mauternbach, Wachau

der christlichen Flussfahrt. Die Donau erleichterte es den Babenbergern, ihre Mark nach Osten auszudehnen. Eine fromme Verirrung, die Idee der Kreuzzüge, wäre ohne die Donau kaum zu verwirklichen gewesen. Die Wachauer Winzer konnten allerdings über das seltsame Spektakel nicht klagen. Scharen durstiger und hungriger Kreuzfahrer waren bereit, für köstliche Labung gutes Geld auszugeben, und überdies kamen zwischendurch immer wieder feinzüngige Franzosen oder tüchtige Deutsche vorbei, die ihre eigenen Erfahrungen mit dem Weinbau hatten.

Als die Türken zu ihren Eroberungsfeldzügen aufbrachen, trug der Strom die Kriegsflotten beider Seiten. Eine fahrplanmäßige Personenschifffahrt auf der Donau gibt es immerhin seit dem 17. Jahrhundert. Ende des 19. Jahrhunderts war die Donaudampfschifffahrtsgesellschaft das weltgrößte Unternehmen seiner Art.

Die Geschichte der Straßen in Niederösterreich wirkt dagegen über lange Zeiträume hinweg recht bescheiden. Das Verkehrsnetz der Römer musste auch nach dem Zerfall der Provinz Noricum genügen. Erst allmählich kamen im Habsburgerreich neue Verkehrsverbindungen hinzu. Noch im 17. Jahrhundert war die heutige Bundesstraße 1 ein übler Karrenweg, mit dem die Postkutschen ihre Mühe hatten. Energische Maßnahmen zur Verbesserung des Straßenzustandes wurden in Niederösterreich schließlich 1833 getroffen: Ein Gesetz regelte nunmehr die Herstellung und Erhaltung ärarischer Verkehrswege. Aus Feldwegen wurden endlich respektable Landesstraßen mit festem Untergrund.

Doch schon damals zeichnete sich eine ernsthafte Konkurrenz für die Straße ab: Die Eisenbahn. Am 23. November 1837 wurde feierlich die erste offizielle Probefahrt der Kaiser-Ferdinands-Nordbahn zwischen Floridsdorf und Deutsch-Wagram in Szene gesetzt. Ein kleiner, ebenso elitärer wie fortschrittsgläubiger Kreis von Passagieren vertraute sich der Lokomotive „Austria“ und ihrem Beherrscher, einem Briten mit Zylinder und weißen Handschuhen, an. Dem gemeinen Volk war es gestattet, zu staunen. Ein Augenzeuge berichtet von der Abfahrt: „... erst majestätisch, langsam atmend, dann rascher und rascher, bis der Zug rasselnd und ächzend, schwarze Rauch-

Wiener Neustädter Kanal
Gegenwart:
Militärpatrouille hoch zu Pferd
Vergangenheit:
Eine künstliche Wasserstraße
von Wien bis Gloggnitz

wolken zum Himmel schleudernd, an der erstaunten Menge vorüberflog." Ersten touristischen „Eisenbahnlustfahrten" folgte später der Gewinn bringende Transport von Kohle aus Galizien nach Wien – das Zeitalter der Eisenbahn hat auch in Niederösterreich Einzug gehalten. Bald darauf erreichten die ersten Züge der Südbahn die Stadt Baden. Bereits 1858 verband die spätere Westbahn als „Kaiserin-Elisabeth-Bahn" Wien und Linz, 1870 folgte die Franz-Josefs-Bahn, und zwischen den großen Bahnlinien im Land um Wien wurde das Netz der Nebenbahnen rasch dichter.

Damit war übrigens das Schicksal eines ebenfalls recht modernen Verkehrsweges besiegelt, des Wiener Neustädter Kanals. Diese künstliche Wasserstraße wurde Anfang des 19. Jahrhunderts gebaut und sollte Teil eines Netzes von Kanälen werden, das alle schiffbaren Flüsse Österreichs verband. Doch schon das erste Bauvorhaben blieb unvollendet. Der projektierte Ausbau bis Triest wurde nie verwirklicht. Immerhin transportierten 64 von Pferden gezogene Lastkähne beträchtliche Mengen von Steinkohle, Bauholz, Brennholz, Ziegeln und Salz zwischen Wien und Wiener Neustadt. Graf Hoyos betrieb zudem eine eigene Flotte, und für Gesellschaftsreisen war sogar eine Jacht zwischen Wien und Laxenburg unterwegs. Letztlich aber erwies sich die Eisenbahn als das bessere Verkehrsmittel: Um 1880 wurde die Schifffahrt eingestellt. Doch zwischen Wiener Neustadt und Laxenburg sind noch heute viele Kilometer Kanal zu sehen.

Ein weiteres Kanalprojekt blieb hingegen schon in den Ansätzen stecken: Um 1900 wurde eine alte Idee wieder einmal diskutiert – ein Kanal zwischen Donau und Oder. Erst 1939 begannen, trotz heftiger Kritik, die Bauarbeiten. Es schien damals eben opportun, Österreich auch noch mit einer künstlichen Wasserstraße ans Deutsche Reich zu binden. 1943 war auch dieses Vorhaben zur Illusion geworden, und der Bau wurde eingestellt. Immerhin freuen sich heute die Benutzer von Badehütten, Zweitwohnungen und Schrebergärten über ein erhalten gebliebenes Stück Kanal bei Groß-Enzersdorf.

Gesundes Freizeitvergnügen:
Das Thermal-Strandbad von Baden bei Wien

Sommerliches Kurkonzert in Baden bei Wien

Seite 108/109:
Tradition mit Zukunft:
Trabrennen in Baden bei Wien

Zum Beispiel St. Pölten

Seit den Anfängen des Landes unter der Enns zeigt seine kulturelle und wirtschaftliche Entwicklung eine erstaunliche Dynamik vor dem Hintergrund ruhiger Kontinuität. Vor allem im Industrieviertel, dem Viertel unter dem Wienerwald, verdichtet sich das Wesen Niederösterreichs zu einem Konzentrat vielfältiger Landschaftsformen und wirtschaftlicher Gegebenheiten. Hier, im Spannungsbereich zwischen der Großstadt Wien und den Voralpen, etablierten sich schon im 18. Jahrhundert große Manufakturen, entwickelte sich durch günstige Standortvoraussetzungen im 19. Jahrhundert ein bedeutender Industrieraum. Die heutige Landeshauptstadt St. Pölten zeigt das Zusammenwirken von Tradition und Innovation besonders eindrucksvoll.

Das gilt in gewisser Weise schon für das römische Municipium Aelium Cetium. Nicht nur Soldaten prägten damals das Bild des Ortes, sondern auch Gewerbetreibende: Töpfer, Bronzegießer und Glasbläser. Auch die sakrale Vergangenheit St. Pöltens hatte immer schon Einfluss auf das Wirtschaftsleben: Das Ende des 8. Jahrhunderts gegründete Benediktinerkloster erhielt 1051 das Marktrechtsprivileg. Neben den täglichen Märkten erlangten Wochen-

Ein Denkmal des Bürgerstolzes in der barocken Altstadt von St. Pölten: Das Rathaus

märkte und Jahrmärkte bald einige Bedeutung: Bereits im Mittelalter erzeugten vor allem die St. Pöltner Tuchmacher und Lederer Produkte für den Fernhandel, aber auch für den Wiener Markt. Die wirtschaftlich erfolgreiche Stadt erhielt neuen Zuzug aus dem Tullnerfeld und dem Alpenvorland. Unter den St. Pöltnern des 13. Jahrhunderts findet sich aber auch ein „Heinrich der Ungar", ein „Heinrich der Latiner", ein „Herbord der Slawe" und ein „Heinrich der Böhme". Mit dem 14. Jahrhundert war der mittelalterliche Ausbau der nunmehr mit Mauern und Türmen befestigten Stadt vollendet. Gegen Ende des 15. Jahrhunderts kam St. Pölten aus dem Besitz des Bistums Passau an den Landesfürsten. Reformation, Gegenreformation und Bauernkriege erschütterten auch in St. Pölten die wohlbestallte Welt der Bürger. In der Zeit des Dreißigjährigen Krieges ging es weiter bergab. Erhebliche Kriegsleistungen, Inflation und dann auch noch Feuer ließen die Stadt verarmen. 1660 war jedes fünfte Bürgerhaus herrenlos. Gleichzeitig sorgte aber die Kirche für einen belebenden Investitionsschub: Das Franziskanerkloster wurde gebaut, und das mittelalterliche St. Pöltner Chorherrenstift entstand neu.

Die Barockstadt

Eine umfassende Veränderung der Stadt begann sich allerdings erst gegen Ende des 17. Jahrhunderts abzuzeichnen, und sie ist mit einem großen Namen verbunden: Jakob Prandtauer. Der Tiroler Bildhauer und Maurermeister ließ sich als Viertelbürger im Klosterbezirk der Traisenstadt nieder. Prandtauer und sein bedeutendster Schüler, Josef Munggenast, wie der Waldviertler Anton Wissgrill wurden zu den Gestaltern des barocken St. Pölten. Das 18. Jahrhundert brachte aber auch berühmte Maler in die Stadt. So entwarf Daniel Gran unter anderem die Fresken der Domkirche; wie Prandtauer liegt er übrigens in der Kirchengruft begraben. Doch auch der „Kremser Schmidt" schuf für St. Pölten bedeutende Werke.
Kirche und Adel hatten der Stadt diesen glänzenden Aufstieg ermöglicht. Die Bürgerschaft stöhnte bei bescheidenen Einnahmen nach wie vor unter den drückenden Lasten.

Er baute auch in St. Pölten: Jakob Prandtauer

Aufbruch in eine neue Zeit

Ende des 18. Jahrhunderts brachte die Regierungszeit Kaiser Josephs II. eine wesentliche Veränderung. Ordenshäuser wurden aufgehoben, und das ehemalige Chorherrenstift wurde zur Residenz des Bischofs, dessen neue Diözese aus den beiden westlichen Landesvierteln bestand. Gleichzeitig erhielt das profane Leben eine neue Dimension: Eine Fabrik zur Verarbeitung von Baumwollgarn wurde errichtet, St. Pölten bekam eine Garnison, ein Gymnasium und eine Gemeindeverfassung.

Die wirtschaftliche Aufwärtsentwicklung wurde Anfang des 19. Jahrhunderts vorübergehend von den Franzosenkriegen unterbrochen, das betuliche Biedermeier war nicht dazu angetan, kühne Neuerungen zu wagen, das Revolutionsjahr 1848 wurde in St. Pölten eher beiläufig zur Kenntnis genommen – doch dann war die neue Zeit nicht mehr aufzuhalten. Als 1858 die erste Zuggarnitur der „Kaiserin-Elisabeth-Bahn“ im Bahnhof St. Pölten eintraf, taten sich ungeahnte Perspektiven auf. Also Gründerzeit: Die alte Stadtmauer fiel, eine Sparkasse und Schulen entstanden, in den Straßen flackerte Gaslicht. Die neue Gewerbefreiheit beschleunigte die wirtschaftliche Entwicklung, Fabrik um Fabrik wurde gebaut. Um die Jahrhundertwende gab es in St. Pölten bereits eine bedeutende Metallindustrie, aber auch namhafte Textilhersteller und Papierproduzenten.

Links oben:
Technik setzt Akzente in der Landschaft: Brücken, Schiffe, das kalorische Kraftwerk Theiß am Ausgang der Wachau

Die respektablen Umschlagzahlen des Kremser Hafens unterstreichen die wachsende Bedeutung der Donau als Wasserstraße

ELEPHANT B

Seifen und Kerzen wurden industriell gefertigt, und natürlich war da auch eine moderne Brauerei.
Anfang des 20. Jahrhunderts erreichte diese Entwicklung ihren Höhepunkt. Damals entstanden mit Voith, Salzer und Glanzstoff jene drei Großbetriebe, die bis heute für St. Pölten von zentraler Bedeutung sind. Mit dem Wachstum der Industrie entwickelte sich auch die Infrastruktur: Die Traisenstadt wurde zum Eisenbahnknotenpunkt.

Ende und Anfang

Zwischen damals und heute liegen zwei Weltkriege, die abenteuerlichen Turbulenzen der Ersten Republik, eine traumatische Nachkriegszeit, Wiederaufbau und Neuorientierung.
Ein entscheidender Impuls auf St. Pöltens Weg zum modernen Dienstleistungszentrum war die Erhebung zur Landeshauptstadt. Dieser politische und wirtschaftliche Neubeginn sollte auch eine überzeugende – und zweckmäßige – architektonische Entsprechung finden. Als Sieger eines internationalen Wettbewerbes setzte der Wiener Architekt Ernst Hoffmann sein ambitioniertes Projekt um. Im Herbst 1992 wurde mit dem Bau begonnen. Bereits vier Jahre später konnte die ersten 3.000 Beamten ihre Büros beziehen. Auf einer Fläche von etwa 40 Fußballstadien entstand eine Stadt in der Stadt: Regierungsviertel und Kulturbezirk mit Klangturm, Shedhalle und Festspielhaus.
Wieder einmal steht St. Pölten am Anfang, ohne dabei seine Tradition zu verleugnen. Doch was bedeutet Tradition für diese Stadt und ihre Region? Römer? Barock? Fabriken? Auch das alte Bild der neuen Landeshauptstadt hat viele Facetten.

Flugsicherheit: Enteisung am Flughafen Wien-Schwechat

Der Zeiten Wandel

Eine botanische Rarität aus der Wachau: Die Steinfeder

Die ersten Siedler im Land unter der Enns hatten Besseres zu tun, als die Zeit zu messen oder sich gar Gedanken über sie zu machen. Solang es Tageslicht gab, war die Arbeit zu erledigen. Außerdem wusste jeder, dass die Tage sich allmählich veränderten, dass sie heiß, kühl oder kalt sein konnten. Tag und Nacht, Frühling, Sommer, Herbst und Winter bestimmten demnach das bäuerliche Leben wie auch das der Natur. Dieser archaische Umgang mit der Zeit verschaffte auch jenen Kräften, die dem steten Rhythmus der Veränderung innewohnen, besondere Autorität. Die Götter der Altvordern waren folgerichtig Naturgötter, und heidnisches Brauchtum verfolgte den lebensnotwendigen Zweck, sich ihr Wohlwollen zu sichern. Als dann Mönche den Christengott ins Land brachten, war alles anders. Dem dicht verwobenen Gewirr dunkler und heller Mächte folgte eine festgeschriebene Welt des Glaubens mit einem Allmächtigen und seiner Kirche. In dieser klaren Hierarchie konnte es nicht mehr genügen, sein Leben einfach nach der Natur einzurichten. Die Kirchenglocken ordneten fortan die Tageszeit, und das Kirchenjahr gab den Jahreszeiten gottgefällige Strukturen. Heidnisches Brauchtum, das so sehr zum Leben gehörte, dass es nicht einfach abgeschafft werden konnte, wurde im christlichen Sinne umgedeutet.

Eine aussterbende Gattung:
Die Kellerkatze kennzeichnet den besten Wein

Seite 118/119:
Fronleichnamsprozession in Windhag, Mostviertel

Seite 120/121:
Palmsonntag in Prinzendorf, Weinviertel

Alte Zeit und neue Uhren

Die Geschichte des Bauernstandes war auch im Land unter der Enns durch Jahrhunderte von der Einordnung in einen eng begrenzten Lebenskreis bestimmt. Brauchtum zwischen dunkler Ahnung und christlichem Glauben lieferte verlässliche Regeln für den Umgang mit der Natur, mit dem Himmel und miteinander; es gestattete für kurze Zeit aber auch die gesellschaftlich anerkannte Flucht aus dem Alltag. Dazu kamen Feiertage und kirchliche Feste. Sogar die umfassende Verfügungsgewalt der Grundherren ordnete sich dem Kirchenjahr unter.

Doch schon im frühen Mittelalter gab es auch eine andere Welt: Die Bewohner der Städte brauchten nicht zu säen und zu ernten, um satt zu werden. Sie kauften auf Märkten ein und trieben ihrerseits Handel. Ein solches Leben, das die Existenzen vieler auf engem Raum verknüpfte, brauchte eine andere Zeiteinteilung. Der Kalender zeigte nicht nur Arbeitstage und Feiertage an, er ordnete auch Zusammenkünfte, Liefertermine, Zahlungsfristen und anderes mehr. Die Zeit wurde knapp, auch Zeitnot war nicht mehr unbekannt; man war also gut darin beraten, die Zeit möglichst genau zu messen. Zeitmesser hatte es schon im Altertum gegeben, um 1300 wurden die ersten Kirchturmuhren gebaut, und im 17. Jahrhundert waren mechanische Uhren technisch weitgehend ausgereift. Zu ihrer gesellschaftsverändernden Macht kamen die Zeitmesser allerdings erst mit der industriellen Revolution: Herrschaftsinstrumente in der Hand der Fabrikanten, Kontrollinstrumente und Taktgeber für die Arbeitswelt.

Das alte Maß

Das Bild hat sich indes gründlich gewandelt: Längst regieren die Uhren auch über dereinst Mächtige, das Diktat der Sekunde trifft jeden, es sei denn, man zählt zu jenen 11,6 Prozent der Bevölkerung Niederösterreichs, die noch zum Bauernstand gehören. Je abstrakter der Umgang mit der Zeit ausfällt, desto beiläufiger werden auch Jahreszeiten wahrgenommen: im vollklimatisierten Einkaufszentrum sind Frühling, Sommer, Herbst und Winter nur noch als Dekor präsent. Leistung und Konsum bestimmen eine exakt gemessene, jederzeit verfügbare Welt. Das macht Eindruck und verwirrt zugleich: Es fehlen verlässliche und vertraute Strukturen, von jeher bekannte Orientierungspunkte im Strom der Zeit; es fehlt aber auch an naiver Sentimentalität, an schlichter Freude.

Niederösterreich bietet in seiner landschaftlichen und sozialen Vielfalt gottlob noch Gegenwelten für das Herz erwärmende Fluchten aus gnadenlos optimierter Modernität. Auch Brauchtum gehört dazu, hier zu Lande vielfach von lebendiger Überlieferung getragen und nicht vom Tourismusverband organisiert.

Eine kleine Auswahl gefällig?

Wenn sich der Winter so richtig klirrend kalt im Alpenvorland eingenistet hat, satteln in Scheibbs Führungskräfte der biblischen Art die Rösser: Der Dreikönigsritt am 6. Jänner ist eine besonders spektakuläre Variante des schon im 16. Jahrhundert geübten Sternsingerbrauchs. Wenig später, am 22. Jänner, dem Tag des heiligen Vinzenz, feiern die

Holzarbeiter in Gutenstein, Kaumberg und anderen Orten den Schutzpatron der Forstleute, Pecher und Jäger. Ein besonderer Faschingsbrauch ist in Hart, in der Gegend von Pöchlarn, erhalten geblieben: Am Faschingssonntag gehört auch ein Bär nebst zwei Treibern zum Umzug und erinnert an jene Zeiten, in denen das Weidwerk den Grundherren vorbehalten

war; nur Bären durften als gefährliche Schädlinge auch vom gemeinen Mann erlegt werden, und manchmal gab es sogar eine Prämie für die erfolgreiche Jagd. Sind die Winterdämonen endlich vertrieben, werden überall im Land am Palmsonntag die Palmbuschen geweiht. In Niederösterreich sind sie eher klein gehalten und werden mit Maschen und

Maibaum-Aufstellen in Bromberg, Bucklige Welt

Seite 122 oben:
13. Oktober: Kolomanikirtag in Melk

Greißlerladen in Puchenstuben im Ötscherland

Bändern geschmückt. In Prinzendorf gibt es daneben aber auch große Buschen, deren Stecken an die zwei Meter lang sind: Sie sind den Mädchen vorbehalten.
Ein besonders freundlicher Osterbrauch wird im Pulkautal im Weinviertel gepflegt: die „Grean" – das Wort steht für „grün". Früher gab es das Jahr über wenig Fleisch und statt Wein nur den „Haustrunk", die zweite, mit Wasser gestreckte Pressung der Maische. Am Ostermontag, wenn die Ratschen verstummt waren und die Glocken wieder klingen durften, gab es in der Kellergasse für das Gesinde würziges Geselchtes, ofenfrisches Bauernbrot und guten Wein. Es gibt heute keine Landarbeiter mehr auf den Höfen, aber die „Grean" gibt es noch immer, und alle sind eingeladen, die des Weges kommen, vorausgesetzt, sie wissen Gastfreundschaft zu würdigen.
Das Maibaum-Aufstellen durch die Dorfburschen und das allfällige Umschneiden durch die Konkurrenz aus dem Nachbardorf gehören vielfach noch zum Leben auf dem Lande. In Zell an der Ybbs findet an diesem Tag auch der Florianikirtag statt. Die Feuerwehr feiert einen Festgottesdienst, und auf dem Jahrmarkt werden rote Wachsstöcke und zusammengerollte Wachsschnüre, die „Florianiringerl", verkauft. An der Kerze vor der Florianistatue in der Kirche erstmals entzündet, schützen sie Haus und Hof vor dem Feuer. In Patzmannsorf und Arbestal wird am Pfingstmontag mit dem Umzug des Pfingst-

königs dem Naturglauben unserer frühen Vorfahren gehuldigt: Die mit Zweigen völlig verhüllte Gestalt gemahnt an die Verbindung der erwachenden Vegetationskräfte mit dem menschlichen Leben. Das Maibaum-Umschneiden bringt dann wieder Erinnerungen ans alte dörfliche Leben zurück: Holzknechte mühen sich mit untauglichem Werkzeug ab, ein Bader mimt das Kropfschneiden, Förster und Bauer streiten um den Holzbesitz, und alles endet so, wie es sich gehört – im Wirtshaus.

Im Juni ziehen die Fronleichnamsprozessionen durch die Ortschaften. Besonders bunt und feierlich fällt der Umzug in Rohr im Gebirge aus. Am Vortag sammeln Kinder roten Klee, Margeriten, Trollblumen und Löwenzahn. Am Abend flechten Mädchen und Frauen damit bis zu zwei Meter lange Girlanden, die um den „Wirl", einen entrindeten Fichtenwipfel, dessen Äste nach oben gebunden sind, gewunden werden. Am Fronleichnamstag kommen die Burschen mit dem „Wirl" um sechs Uhr früh auf den Kirchenplatz. Mit an die fünf Meter hohen Stangen, die ebenfalls mit Blumen umrankt sind, halten sie den „Wirl" dann bei der Prozession über den „Himmel". Derlei Fronleichnamsstangen gehören eigentlich zum Salzburger Brauchtum. Gut möglich, dass dereinst Holzknechte aus diesem Bundesland den „Wirl" nach Niederösterreich gebracht haben.

Das historische Postamt Küb am Semmering

Pastorale am Maiszinken über dem Lunzer See

Seite 126/127:
Barocke Spuren in der Landschaft:
Der Weg der Fronleichnamsprozession
von Windhag nach St. Aegidi im Mostviertel

Narzissenblüte im Ötscherland

Narzissenblüte im Ötscherland

Feuerwerk zur Sonnenwende in Dürnstein

Die Tage werden kürzer

Am 24. Juni, dem Festtag des heiligen Johannes, brennen vielerorts „Johannisfeuer". Mit dem Termin nimmt man es allerdings nicht immer ganz genau, und oft ist auch vom „Sonnwendfeuer" die Rede: Feuer als urtümlicher Zauber gegen die Schatten des dunkler werdenden Jahres.

Mitte Juli ist es in Waidhofen an der Ybbs Zeit, mit dem „Gassatgehen" der Sensenmacher und ihrer Tapferkeit vor dem Feind zu gedenken. Der Zechmeister der alten Sensenschmiede-Innung wird von vier Schmieden begleitet, die als Musikanten auftreten. Diese „Türkenpfeifer", bekleidet mit dunklen Anzügen und einem roten Fez, intonieren auf zwei Querflöten und einer Trommel einen fremdländisch klingenden Marsch. Tatsächlich waren unerschrockene Sensenschmiede unter jenen Männern, die in der ersten Hälfte des 16. Jahrhunderts immer wieder türkische Stoßtrupps abwehren konnten. Als Belohnung durften sie alljährlich einen einträglichen „Heischebrauch" durchführen.

Anfang Oktober werden die Erntedankfeste abgehalten. Sie stehen in der Tradition früherer Festmähler zum Ernteabschluss, vielfach „Schnitthahn" genannt. Den „Lesehahn", das Festessen der Winzer und ihrer Helfer nach der Weinlese, gibt es ja noch heute.

Zu den Festen nach der Ernte zählt auch der Hütereinzug in Perchtoldsdorf am ersten Sonntag im November – ein besonders festliches Ereignis, dem übrigens das Weinhauermuseum im Rathaus ein schönes Modell widmet. Die prächtige Hauerkrone, die „Hüterpritschen", genannt, wird während des Umzugs feierlich gedreht: Man lässt sie „tanzen".

Wenn dann später im Jahr, zum Fest des heiligen Martin, die Rebstöcke kahl unter dem trüben Novemberhimmel stehen und in den Fässern der gä-

Datumswechsel, am Bauernhof noch ein häusliches Ritual

rende Most zum Wein geworden ist, wird dem kostbaren Nass in vielen Weinorten mit dem „Martiniloben" alle Ehre angetan: Er wird „getauft". Vier Tage danach, am 15. November, erfährt der Wein zum Angedenken an den heiligen Leopold mit dem „Fasslrutschen" in Klosterneuburg eine zwar derbe, doch umso herzlichere Würdigung. An diesem Tag ist das ehrwürdige Chorherrenstift auch Ziel von Männerwallfahrten, ein feierliches Hochamt wird zelebriert und ein großer Jahrmarkt abgehalten. Brauchtum hat es nun einmal an sich, Sinnliches und Frommes, Archaisches und Heutiges in schöner Unschuld zu vermählen.

Mit dem Advent rundet sich das Jahr, das Weihnachtsfest steht vor der Tür. Auch von jenen nur zu gerne gefeiert, die nicht ans Wunder glauben.

Nach dem Erntedank:
Heimweg durch die Riede
„Klaus" bei Weißenkirchen

Sonnwendfeuer am Donauufer in Spitz

Erntedankfest in der Wachau

Wege, die in den Himmel führen

Zeichen der Wallfahrt: Andachtsbild und Rosenkranz

Es ist ja eine merkwürdige Tatsache, dass auch in einer weitgehend säkularisierten Welt die Ordnung des Kirchenjahres ihre Gültigkeit behält, sogar die Fastenzeit erweist sich als durchaus trendgerecht. Die sichtbaren Denkmäler des Glaubens – Klöster und Kirchen, Kapellen und Bildstöcke – gehören zum Bild des Landes, wie es alle gerne sehen möchten. Auch der gemeinsam beschrittene Weg zu heiligen Orten, die Wallfahrt, wurde noch nicht aus unserem sonst so penibel verplanten Leben wegrationalisiert.

Wallfahrten sind so alt wie das Christentum. Schon im 3. Jahrhundert nach Christi Geburt zogen Gläubige nach Rom, wo Petrus und Paulus den Märtyrertod erlitten hatten. Um das Jahr 800 wurde die Reise ins Heilige Land zur bevorzugten Pilgerfahrt. Die Kreuzzüge euphemistisch als „Wallfahrten mit dem Schwert" zu erklären, liegt uns heute fern, wohl aber schreiben die gewaltigen Pilgerzüge zum spanischen Santiago de Compostela vom Mittelalter bis heute Wallfahrtsgeschichte. Anfang des 12. Jahrhunderts kamen die ersten großen Marienwallfahrten auf. Auch im späteren Niederösterreich entstanden mittelalterliche Pilgerstätten. 1136 wurde das Kloster Kleinmariazell gegründet, das ursprünglich „Mariazell in Österreich" hieß, 1157 entstand Mariazell. Auch Maria Rafing – heute eine Ruine – und Schönbach zählen zu den ältesten Wallfahrtsorten im Lande.

Mit dem Ende des Mittelalters verdarb die Reformation den Wallfahrern ihren frommen Eifer, und später gab sich die Gegenreformation alle Mühe, sie nach Kräften wieder darin zu bestärken. Dem neu entfachten Glaubensfeuer entsprach auch die sakrale Architektur, jubelndes Barock überwucherte verinnerlichte Gotik. Damals gab es im Land unter der Enns an die 500 Gnadenstätten, Mirakelbücher beschrieben unzählige Wohltaten des Himmel, Votivtafeln bestätigten sie, und die so erfolgreichen Madonnen und Heiligenskulpturen waren in kostbare Gewänder gehüllt. Diese wundersam theatralische Glaubenswelt konnte einem Joseph II. nur suspekt sein. Er schränkte auch die Pilgerfahrten dermaßen ein, dass diese Ausdrucksform der Volksfrömmigkeit beinahe zum Erliegen kam.

Doch bis heute werden die alten Pilgerwege durch Niederösterreich begangen, allen voran die „Via sacra" von Wien nach Mariazell. Der Weg führt über den Wienerberg nach Brunn am Gebirge und weiter nach Maria Enzersdorf, einer in vergangenen Zeiten bedeutsamen Station auf der „Zeller Reise": Die ursprüngliche Klosterkirche zur heiligen Maria Magdalena war nämlich unter dem Ehrentitel „Maria, Heil der Kranken" zu einer direkten Filiale von Mariazell geworden. In Groß-Enzersdorf weist folgerichtig die Mariazeller Straße den rechten Weg weiter durch die Hinterbrühl nach Gaaden und Heiligenkreuz, einem Pilgerziel von besonderem Rang: Das Stift besitzt neben dem namensgebenden Holzsplitter vom Heiligen Kreuz als weitere kostbare

Die „weltliche" Seite der Wallfahrt

Reliquie auch ein Stück von der Dornenkrone Christi. Nach Alland und Nöstlach folgt auf dem Hafnerberg die nächste Wallfahrtskirche. Von dort senkt sich der Weg in das Triestingtal und durchquert Altenmarkt, Dornau und Kaumberg. Hat man Hainfeld und St. Veit an der Gölsen den Rücken zugekehrt, erwartet die Pilger mit Lilienfeld das zweite Kloster. Von nun an wird die Reise, so sie zu Fuß unternommen wird, ein wenig anstrengend: Der Weg von Türnitz nach Annaberg steigt kräftig an, doch auch das Ziel rückt näher.

Josefsberg, Wienerbruck, Sebastiansberg – Mariazell. Ein altes Danklied besingt das Ereignis der Ankunft in elegischer Ergebenheit: „Sieh da, Mutter, san ma kema, / Sieh da, Mutter, san ma da. / Wenn ma no net kema warn, / Warn wir no net da."

Heute hat die „Via sacra" ihre bestimmende Bedeutung für den Volksglauben verloren, doch nach wie vor gibt sie dem Land Konturen jenseits vordergründiger Nutzanwendung.

Schön, zu wissen, dass nicht nur Autobahnen den Menschen ans Ziel bringen.

Fleiß und Preis

Marillenernte bei Arnsdorf in der Wachau

Kein anderer Berufsstand hat des Werden des Landes unter der Enns länger und tief greifender gestaltet als der Bauernstand. Das Mostviertel ist ein gutes Beispiel dafür. Die Nutzung von Äpfeln und Birnen ist in dieser uralten Kulturlandschaft seit der Jungsteinzeit nachweisbar.

Gegenüber 5.000 Jahren bäuerlicher Geschichte wirken rund 1.000 Jahre Österreich bescheiden.

Unter allen Obstsorten stehen die heutigen Mostbirnen und Mostäpfel jenen urtümlichen Früchten, die schon in vorgeschichtlicher Zeit als Nahrungsmittel Bedeutung hatten, am nächsten: Knospe, Blüte, Blatt und Frucht zeigen deutlich gemeinsame Merkmale – Beweise einer ungebrochenen Kontinuität über Jahrtausende hinweg. Kelten und Illyrer lernten von den Römern, wie sich Obstbäume durch Selektion kultivieren ließen, und seit etwa 300 Jahren werden Mostobstsorten gezüchtet. Seit über 140 Generationen prägt also das bäuerliche Zusammenleben mit Bäumen im Mostviertel die Entwicklung einer unverwechselbaren Kulturlandschaft. Dabei stand die ebenso einträgliche wie Genuss bringende Verwertung der Früchte im Vordergrund: Schon im 13. Jahrhundert rühmten der Minnesänger Neidhart von Reuental und der einheimische Dichter Seifried Helbling den „birenmost", und Ende des 17. Jahrhunderts beschrieb der Schriftsteller und Agronom Wolf Helmhard Freiherr von Hohberg die Birnbäume seiner Heimat.

Obst trug dem Mostviertel viel Geld ein, aber auch die Feindschaft der Winzer und Bierbrauer und, im 18. Jahrhundert bereits, eine Frühform der Getränkesteuer. Mostviertler Bauern kannten die Leibeigenschaft nur vom Hörensagen. Zwar waren sie bis 1848 zinspflichtig, doch sie konnten mit Einschränkungen über ihre Anwesen verfügen. Ihr unverhohlen zur Schau getragenes Selbstverständnis führte allerdings auch zu blutigen Konflikten, als die bäuerlichen Einwohner nicht länger gewillt waren, zunehmend unerträgliche Belastungen auf sich zu nehmen. Nach 1848 wurden die Mostviertler rascher mit der teuer erkauften Freiheit fertig als andere Bauern im Lande, und auch heute, angesichts weltweit vernetzter Märkte, sind sie, was sie durch Jahrhunderte waren: Herren ihres Landes. Jene auch im konkreten Sinne des Wortes goldene Zeiten, als die größten Mosthäuser bis zu 2.500 Eimer, also rund 140.000 Liter Most pro Jahr, erwirtschafteten, sind jedoch für immer vorbei. Im 19. Jahrhundert gab es Höfe, die von 1.000 und mehr Obstbäumen umgeben waren. Noch 1938 wurden im Bezirk Amstetten fast eine Million Bäume gezählt. Nach dem Zweiten Weltkrieg nahm der Bestand um bis zu 70 Prozent ab. Baumrodungen ließen Hänge rutschen und den Boden erodieren, außerdem sank der Grundwasserspiegel. In den riesigen Mostkellern der Vierkanthöfe verrotteten die Fässer. Heute besinnt sich das Mostviertel wieder seiner Wurzeln. Das Aussetzen junger Bäume wird gefördert. Spät, aber doch entwickelten die Mostbauern ein neues Qualitätsbewusstsein und sorgten für eine marktgerechte Vielfalt. Schon jetzt übersteigt die Nachfrage das Angebot.

Mostverkostung im Keller der Oismühle, Mostviertel

Seite 140/141: Strukturen der Fruchtbarkeit: Baumzeilen im Mostviertel

Landschaft in Weiß und Grün: Birnbaumblüte im Mostviertel

„Bauernpaläste“:
Vierkanter bei Weistrach
im Mostviertel

Apfelernte auf dem Plattenberg
im Mostviertel

Nicht nur die wirtschaftlichen Grundlagen änderten sich für die Mostviertler Bauern. Als es noch Gesinde auf den Höfen gab, konnte es sich ein wohlhabender Bauer schon leisten, als Herr aufzutreten und seiner Mitregentin, der Bäuerin, einige Vorrechte abzutreten.
Zum Beispiel war ihr die Saudirn sozusagen als ländliche Kammerzofe unterstellt. Der Bauer hatte den ersten Knecht als rechte Hand, ein Untertan zwar, nur einmal im Jahr mit Kleidung und sehr wenig Geld entlohnt, in der Rangordnung aber über dem Sohn des Bauern stehend.
Doch auch diese scheinbar unerschütterliche Welt geriet gründlich aus den Fugen. Erst bekamen die Knechte Monatsgehälter statt eines jährlichen Almosens, dann erkannten sie, wie erbärmlich gering diese waren. Endlich gab es keine Knechte mehr, und mit ihnen war auch das übrige Gesinde dahin. Heute tun ein paar Landarbeiter für gutes Geld ihre Arbeit,

Ein Pferd fürs Bauernland:
Der Haflinger

wenngleich fast alle Bauernhöfe inzwischen zu Familienbetrieben geworden sind. In den sechziger Jahren wurden die schweren Noriker von Haflingern abgelöst, doch längst hatten die Pferde auch schon Räder bekommen. Eine umfassende Technisierung veränderte die Bauernarbeit, und das Zusammenleben läuft nicht mehr ab wie früher: Gemeinsames Arbeiten und Feiern ist unter die Räder der Maschinen gekommen, die Kirtage haben ihre Naivität verloren, und die Maiandacht entfällt zu Gunsten der Disco.

Bauernland dicht unter dem Himmel:
Die Bucklige Welt bei Zöbern

Lebendige Vergangenheit: Die Schwarze Kuchl
des „Huberbauern" in Ertl, Mostviertel

Der Bauer Virgilius Eder unter seinen blühenden Marillenbäumen

Schnapsherstellung im Prandtauerhof zu Joching in der Wachau

Typisch für die Marillenernte: Die „Zistel“

Leben im Weinland

Während also die Geschichte der niederösterreichischen Mostbauern nach triumphalen Höhepunkten und einem bösen Niedergang in einen bescheidenen

Weinanalyse im Labor ...

Aufschwung mündet, können sich die Weinbauern des Landes trotz aller Probleme heutzutage über beachtliche Erfolge freuen.

Historisch fassbare Weinkultur kam mit den Babenbergern ins Land. Klöster, vor allem Göttweig, Melk, Heiligenkreuz und Klosterneuburg, erwiesen sich als ebenso tatkräftige wie kundige Pioniere. So gesehen erstaunt es auch nicht, dass einer der Väter des modernen Weinbaus, August Freiherr von Babo, als erster Direktor jener ganz besonderen Lehranstalt aufscheint, die 1860 von der „K.k. Landwirtschafts-gesellschaft" in Zusammenarbeit mit dem Stift Klosterneuburg gegründet wurde. Das spätere „Oenologisch-pomologische Institut" war schon eine staatliche Lehranstalt, neben der es auch noch eine „K.k. chemisch-physiologische Versuchsstation für Wein- und Obstbau" gab. Die fruchtbare Nachbarschaft von Forschung und Lehre hat also in Klosterneuburg Tradition, und Letztere ist hier von jeher mit Innovation verbunden.

Die Fähigkeit, dynamisch und präzise auf neue Herausforderungen zu reagieren, war übrigens gleich einmal dringend gefragt, als in den Klosterneuburger Versuchsweingärten die Reblaus entdeckt wurde. Das Untier war mit amerikanischen Reben eingeschleppt

... und in den Verkostungszellen der Weinbauschule Klosterneuburg

Seite 152/153:
Das Glashaus als Hörsaal: Der Bibliothekar der Weinbauschule Klosterneuburg beim Studium alter Bücher

Variante
1

Variante
2
725 P
Fercal

worden, und die Klosterneuburger hatten die zweifelhafte Ehre, ohne Erfahrungswissen dieser schrecklichen Gefahr begegnen zu müssen. Kaum war diese Feuerprobe bestanden, wagte man sich an die wissenschaftliche Bearbeitung der Weinhefe-Reinzucht. Die für damals sensationellen Forschungsergebnisse mündeten in Lizenzen, die seitdem weltweit vertrieben werden. Schon 1862 entstand die erste Klosterneuburger Mostwaage, die bald in allen Ländern der Monarchie verwendet wurde.

Seit 1920 gibt es in Klosterneuburg eine Rebzuchtstation: Die mit Abstand wichtigste österreichische Rotweinsorte, der Zweigelt, hat hier ihren Ursprung und trägt den Namen eines Direktors der Lehranstalt. Drei Jahrzehnte dauert die Entwicklung einer neuen Rebsorte, und in der Gegenwart dürfen die Klosterneuburger Weinprofessoren auf drei Premieren stolz sein: Die Sorten Rösler, Rathey und Seifert sind sensorisch hervorragend und deutlich widerstandsfähiger: Winzer und Weingenießer dürfen sich gleichermaßen freuen. Doch auch bestehende Rebsorten bleiben nicht von insistierendem Forschereifer verschont: Im Rahmen eines Projektes der Europäischen Union werden Rebsorten – mehr als 5.000

Weinlese vor der Windmühle von Retz im Weinviertel

Messen des Zuckergehalts der Trauben im Weingut Nikolaihof, Mautern

verschiedene gibt es davon in Europa – genetisch erfasst und identifiziert. So war es zum Beispiel möglich, dem Müller-Thurgau seine Abstammung von Riesling und Gutedel nachzuweisen und zum Erstaunen mancher vermeintlicher Kenner den Morillon als eigene Sorte zu bestätigen. Doch auch die Bewahrung bäuerlicher Tradition gehört zu den wesentlichen Anliegen: Eine Genbank hält 700 alte Obstsorten und viele längst vergessene Rebsorten verfügbar.

Was soll man von einer höheren Schule halten, deren Lehrplan nach Wein schmeckt, nach gärendem Most riecht und nach reifen Äpfeln duftet? Fest steht jedenfalls, dass sie für ihre regulären Absolventen mit einer Reifeprüfung abschließt, die zum Universitätsstudium an allen Fakultäten berechtigt. Nicht zuletzt gehören zu einer besonderen Schule auch besondere Schüler: So ziemlich alle prominenten Winzer und Winzerinnen Niederösterreichs haben in Klosterneuburg studiert.

Damit führt der Weg von der Schule zurück in die Weingärten. Nur 2 Prozent der Wirtschaftsflächen Niederösterreichs tragen Weingärten, doch darin verbirgt sich eine im Sinne des Wortes berauschende Vielfalt. Carnuntum, Kamptal, Donauland, Thermenregion, Wachau, Kremstal, Traisental und Weinviertel – verschiedenene Böden und Lagen mit ihrem speziellen Kleinklima schaffen im Verein mit den geeigneten Rebsorten und der kundigen Sorgfalt der Winzer die Voraussetzungen für ein weites Reich der Sinne.

Dennoch wäre es ungerecht, das Agrarland Niederösterreich auf Wein und Most zu reduzieren. Immerhin ist hier fast die Hälfte des österreichischen Ackerlandes zu finden, über 30 Prozent aller Schweine, über 25 Prozent aller Rinder, über 32 Prozent aller Hühner und fast 16 Prozent aller Schafe werden in Niederösterreich gehalten. Mit den Wäldern in den Voralpen und dem Waldviertel wird Niederösterreich an Waldreichtum nur noch von der Steiermark übertroffen. Nicht zu vergessen die Obstkulturen in der Wachau, die Blumen aus dem Tullnerfeld, das Harz von den Föhren im Steinfeld.

Frühe Industriekultur

Dennoch ist dieses grüne, fruchtbare Niederösterreich auch Industrieland – ein modernes obendrein. Die Anfänge sind in der schon genannten „Eisenwurzen" zu suchen. Überall dort, wo Ybbs, Erlauf und ihre Zubringer energiegeladen plätschern, verdiente diese Gegend schon im 11. Jahrhundert ihren Namen. Felsige Engtäler gehören ebenso zur „Eisenwurzen" wie breitsohlige Flusslandschaften und beschwingtes Hügelland. In dieser einschichtigen Gegend ließ sich hunderte von Jahren gutes Geld verdienen. Erst im Stakkato der neuen Schwerindustrie verklang der schwere Rhythmus der alten Eisenhämmer. Doch immerhin lässt sich dieses Stück Vergangenheit nachvollziehen: In der alten Hackenschmiede der Familie Fahrngruber in Ybbsitz lodert die Esse, dröhnt der Hammer, pfaucht der Blasebalg und sprühen die Funken. Es geht allerdings nicht mehr darum, Reichtum und Macht eines Hammerherrn zu mehren. Das Achtung gebietende Montandenkmal ist zur Zeitmaschine geworden, die eine Reise in die Welt uralter Schmiedetechnik ermöglicht, mit Feuer und Rauch, mit Lärm und Ruß. Roheisen, ausgeheizt in den Zerrenhämmern, zerschrotet, wieder ausgeheizt, unter dem Hammer zu „Provianteisen" geschmiedet, mit Streckhämmern zum Endprodukt geformt: am Anfang ein amorphes Stück Materie, am Ende Wagenachsen, Rasiermesser, Hacken, Sensen, Taschenfeitel. Ein paar Kilometer weiter, in Opponitz, gibt es in der „Schmiede am Bach" ein Sichelmuseum, mit dem sich die Enge der „Eisenwurzen" in die Weite der Donaumonarchie öffnet: Europa war damals für den Handel der Hammerherren eine höchst einträgliche Wirklichkeit. Jene aufstrebenden Familien, die dereinst als Schmiede anfingen, als Hammerherren später mit leichter Hand wachsende Scharen rußgeschwärzter Facharbeiter dirigierten und letztlich als mächtige Kaufleute in konzernartigen Verbänden agierten, waren natürlich auch bestrebt, gesellschaftliche Anerkennung zu erlangen. Das fiel ihnen umso leichter, als die Hammerwerke in der letzten Phase ihrer Erfolgsgeschichte hauptsächlich Waffen produzierten und damit unentbehrlich waren für Regenten, die sich auch zu Kriegsherren berufen fühlten.

Das Walzwerk des bedeutenden Hammerherrn Andreas Töpper in Neubruck bei Scheibbs

Von alter Waffenindustrie zu friedlicheren Frühformen der Fabriken, den Mühlen. Schon das Mühlrad an sich ist ein erstaunliches Stück Technik, Teil eines universellen Antriebssystems, das über Zahnräder, Kammrad und Ritzel nicht nur Getreidemahlwerke, sondern auch Sägen, Schleifeinrichtungen oder eine Walk betreiben konnte. 1661 zählte man im Land unter der Enns 3.090 Wassermühlen, davon standen 1.325 im heutigen Industrieviertel und nur 277 im Weinviertel. Dort gab es Ende des 16. Jahrhunderts allerdings auch schon hölzerne Bockwindmühlen, die ihren Namen von einem Holzblock hatten, auf dem das Mühlenhaus beweglich montiert war, damit es in die Windrichtung gedreht werden konnte. Diesen folgten die gemauerten „Holländischen Mühlen", welche zwei bis drei Mahlwerke betreiben konnten. Heute erinnern nur noch drei Bauten an vom Wind bewegte Mahlwerke. Zwei davon stehen auf dem Kalvarienberg von Retz. Eine davon

Felsnadeln im Adlitzgraben am Semmering

wurde 1928 unter Denkmalschutz gestellt und ist noch heute betriebsfähig. Die zweite Windmühle auf dem Kalvarienberg wurde nach 115 Betriebsjahren als Wohnhaus genutzt. Die dritte Windmühle des Weinviertels befindet sich in Markgrafneusiedl und ist nur noch als Ruine erhalten.
Josef Danninger, Mitglied der „K.k. landwirtschaftlichen Gesellschaft“, hatte Mitte des 19. Jahrhunderts auf die Ruine einer von den Schweden zerstörten Wehrkirche einen steinernen Turm mit drehbarer Haube aufgesetzt. Die Mühle mit ihren drei Mahlgängen galt als die eindrucksvollste der ganzen Monarchie, war aber nur 20 Jahre in Betrieb. Feuer vernichtete die hölzernen Bauteile und die gesamte Einrichtung. Damit war zur Kirchenruine auch noch ein Mühlenruine gekommen.
Ende des 19. Jahrhunderts wurden viele Mühlen im Land unter der Enns mit Dampf betrieben, und Walzen lösten die Mühlsteine ab.

Berghoheit über das Alpenvorland: Der Ötscher

Der Hammer Am Steg in Ybbsbachamt bei Gresten

Die Maschinen kommen

Noch vor der industriellen Revolution begann sich auch im Agrarland Niederösterreich eine Änderung des Wirtschaftsgefüges abzuzeichnen.
Schon im 17. Jahrhundert gab es Bestrebungen, den Staat auch zu einem weitgehend autarken Wirtschaftskörper auszubilden. Große, über das Land verteilte Produktionsstätten, Textilmanufakturen zum Beispiel, verlangten aber nach ausländischen Fachkräften, oft sogar nach solchen, die nicht katholischen Glaubens waren. Das überkommene System von Handwerksordnungen und Zünften war damit überfordert. Also besann sich der Staat seiner Macht, erteilte den Manufakturen Privilegien und wehrte mit Schutzzöllen und Einfuhrbeschränkungen die Konkurrenz ab. Einige dieser gezielten frühindustriellen Gründungen waren die Tabakmanufaktur Hainburg, die Kattunfabrik Schwechat, die Papiermanufaktur Rannersdorf und die noch heute als Industriedenkmal bekannte Nadelburg in Lichtenwörth. Maria Theresia gründete 1747 dieses Unternehmen,

das Nähnadeln herstellte und Messing verarbeitete. Auch in diesen fabriksartigen Betrieben, die baulich fast schon kleinen Städten ähnlich waren, stand die Handarbeit im Vordergrund. Rohware wurde von Subunternehmen, den Faktoreien, angeliefert, die

Glasformen in der Glashütte Zalto in Neunagelberg, Waldviertel

Herstellung von Büttenpapier in der Wurzmühle bei Weitra

ihrerseits Heimarbeit an Spinnrädern und Webstühlen im Raum um Wien und im Waldviertel organisierten. Ob Hausarbeit oder Manufaktur, die zunehmend rascher laufende Wirtschaftsmaschinerie zwang die Arbeiterinnen und Arbeiter in ihren Rhythmus. Mit Strenge und Fürsorge war dafür gesorgt, dass der Mensch funktionierte. Kinderarbeit gehörte – wie auch anderswo in Europa – zum Alltag. Jenes Hofdekret, das 1787 anordnete, Kinder „vor dem Antritt des 9. Lebensjahres nicht ohne Not zur Fabriksarbeit aufzunehmen", galt damals als revolutionärer Vorstoß. Trotz solcher Missstände war durch die Gründung von Manufakturen die Situation der ärmsten Bevölkerungsschichten im ländlichen Raum jedoch verbessert worden.

Den entscheidenden Impuls für die Umstellung von Handarbeit auf industrielle Fertigung brachten die Maschinenspinnereien. Eine mit Wasserkaft betriebene Mulemaschine, die das Garn drehte und streckte, ersetzte 200 Spinnräder. Die 1802 gegründete Maschinspinnfabrik Pottendorf war die größte des Kontinents. Wenig später folgten Fabriken in Schwadorf, Klosterneuburg und Bruck an der Leitha. Kaum vier Jahrzehnte später hatten die Maschinenspinnereien und auch die Papierindustrie das Land unter der Enns zum wirtschaftlichen Zentrum der Donaumonarchie gemacht. In der Metallindustrie waren maschinelle Walzen und Pressen vorerst für die Verarbeitung von Weichmetall interessant, die

Der Ringziegelofen in Kreuzstetten, Weinviertel

sich im Piesting- und im Triestingtal konzentrierte, doch allmählich wurden auch die Hammerwerke durch Walzweke ersetzt. Andreas Töpper, der noch an der Wende zum 19. Jahrhundert als Hammerherr sehr erfolgreich gewesen war, errichtete 1820 die „K.k. priv. erste österreichische Eisen-, Stahl- und Walzblechfabrik". Zwei Einwanderungswellen brachten Fachleute und innovative Unternehmer ins Land. Einer von ihnen war der Rheinländer Carl Wilhelm von Brevillier, der seine kleine Holzschraubenproduktion zu einer bedeutenden Fabrik für Metallschrauben ausbaute.

Der enorme Baustoffbedarf nicht nur der rasch wachsenden Metropole Wien, sondern überall in der Donaumonarchie ließ zahlreiche Ziegelwerke entstehen, eine der wenige Industrien übrigens, die auch im Weinviertel Fuß fassen konnten. Ein besonders markantes Beispiel ist Frättingsdorf. An der Staatzer Bundesstraße beindruckt heute noch ein Ensemble, bestehend aus einem mächtige Ringofen mit 34 Meter hohem Kamin, Klinkerofen, Betriebsgebäuden, Stapelplätzen und Arbeiterwohnhäusern.

Mit diesem Ziegelwerk ist der Name einer der bedeutendsten österreichischen Industriellenfamilien des 19. und 20. Jahrhunderts verbunden. Die Familie Steingassner beschäftigte sich schon Anfang des 18. Jahrhunderts mit der Herstellung von Ziegeln. 1868 gründete dann Martin Steingassner das Werk Frättingsdorf, das erst 1973 den Betrieb einstellte.

Mit der Konzentration großer Fabriken im Industrieviertel verlor vor allem die Textilwirtschaft im Waldviertel an Bedeutung. Lediglich die traditionsreiche Glasherstellung bewältigte den Wandel vom Gewerbe zur Industrie. Von den vielen Brauereien des Waldviertels überlebten nur drei.

Glasblasen in der Glashütte Zalto, Neunagelberg

Die Töpperbrücke in Kasten bei Lunz am See

Im Ringziegelofen von Kreuzstetten, Weinviertel

Herstellung von Holzkohle in einem Langmeiler bei Gutenstein

Das ägyptische Klassenzimmer

Das Riesenspielzeug

Die Welt der gründerzeitlichen Großindustrie kumulierte in einer neuen Siedlungsform. Mit Berndorf baute Arthur Krupp für sich und seine Arbeiter eine im Sinne perfekter Funktionalität und moderner Ästhetik geplante künstliche Stadt. Noch heute ist die strenge Symmetrie zu erkennen. Zwei Schulpaläste flankieren die neobarocke Margaretenkirche, dahinter stehen der Pfarrhof, das Direktorenhaus und das ehemalige Krupp-Casino. Vor der Kirche zieht die Kruppstraße über den Kruppplatz geradewegs zum Herrenschloss „Am Brand". Die Straßen sind terrassenförmig abgestuft und begleiten die barocken Rundungen der Kirche.

Viehmastbetriebe mit angegliederter Fleischerei und Wurstfabrik versorgten nebst einer Bäckerei die Arbeiter zum Selbstkostenpreis. In der für 1.000 Menschen ausgelegten Speisehalle gab es preiswerte Mahlzeiten und an Wochenenden Konzerte der Werkskapelle. Ein kleines, übrigens noch heute bespieltes Theater rundete das kulturelle Angebot eindrucksvoll ab.

Besondere Aufmerksamkeit widmete Krupp dem Schulwesen. Die Gebäude der Volks- und der Hauptschule hatten für ihre Zeit so erstaunliche Ein-

Die von Arthur Krupp gestiftete Schule in Berndorf: Maurisches Klassenzimmer

richtungen wie Brausebäder und die erste Schul-Zahnklinik der Monarchie. Hinter neobarocken Fassaden verbergen sich großzügige Vorhallen mit dorischen und ionischen Säulen. Marmortreppen geleiten zu den aufwendig und fantasievoll gestalteten Klassenzimmern. Mit ihren zwölf Stilarten – vom alten Ägypten bis zum Barock – sind sie kulturhistorische Unikate ersten Ranges.

Umbruch und Aufbruch

Diese Apotheose industrieller Wohlfahrt entstand vor dem Hintergrund einer vom Untergang bedrohten Donaumonarchie. Längst wurde in großen Rüstungsbetrieben hektisch für einen bevorstehenden Krieg produziert.

Mit der Ersten Republik fand sich Niederösterreichs Industrie in einem erschreckend kleinen Staat wieder, abgeschnitten von den angestammten Absatzmärkten. In dieser kaum zu bewältigenden Umbruchsphase klang eine positive Nachricht umso verheißungsvoller: Die bald nach dem Ersten Weltkrieg auf der Suche nach Erdöl begonnenen Probebohrungen waren 1930 mit der Entdeckung des Van-Sickle-Feldes bei Zistersdorf und Neusiedl an der Zaya endlich fündig geworden. Man hatte also gute Gründe zu

der Annahme, Österreich könne den gesamten Bedarf an Erdölprodukten aus eigenen Vorkommen decken. Doch wenig später gab es dieses Österreich nicht mehr.

Erst profitierte die deutsche Rüstungsindustrie, dann die sowjetische Besatzungsmacht. Damals wurde auch, zwischen Matzen und Prottes, das größte Erdölfeld Mitteleuropas entdeckt, wo zudem beachtliche Mengen von Erdgas gefördert werden konnten. Der Staatsvertag verpflichtete allerdings Österreich zu beträchtlichen Lieferungen an die Sowjetunion.

Wie die Erdölindustrie waren auch die Fabriken im Viertel unter dem Wienerwald vom Zweiten Weltkrieg und der folgenden Besatzungszeit schwer betroffen. Allein im Jahr 1945 wurden 145 Fabriken völlig zerstört. Zahlreiche Rüstungsbetriebe wurden in der Nachkriegszeit demontiert, 252 Fabriken standen unter sowjetischer Verwaltung. Doch gelang es Niederösterreich in den folgenden Jahren besser als anderen traditionellen Industrieregionen, flexibel auf neue Herausforderungen zu reagieren: Die Wertschöpfung der Wirtschaft stieg von Jahr zu Jahr kontinuierlich.

Eine im Vergleich zu Gesamtösterreich überdurchschnittliche Investitionsentwicklung lässt optimistisch in die Zukunft blicken. Institutionen wie das Forschungszentrum Seibersdorf, das Innovationszentrum Wiener Neustadt und das Technologiezentrum St. Pölten geben wichtige Impulse für ein Niederösterreich, das zu den erfolgreichsten Regionen Europas zählt.

Anlage zur Erdgas-Entschwefelung in Aderklaa, Marchfeld

Rechts oben:
Technik und Landwirtschaft: Getreideernte bei Aderklaa

Forschungsarbeit im Reaktorzentrum Seibersdorf

Windpark der EVN in Gänserndorf, Marchfeld

Mensch und Maschine im Verbund: Gurkenernte im Marchfeld

Lust aufs Land

Wien und Niederösterreich gehörten zur Zeit Adalbert Stifters noch zusammen, also darf man ihm guten Gewissens in die Türmerstube des Stephansdomes folgen. Von dort schaute der Dichter über die Dächer der Stadt und weit über das Land, wo er in südwestlicher Richtung doch tatsächlich den Schneeberg erblickte. Dieses Ereignis blieb nicht ohne poetische Folgen: „... ein Berg, so scheinbar nahe, mit bleigrauem Lichte auf dem Schnee, den sein Rücken hie und da trägt."

Rundum geborgen

Der Schneeberg ist wirklich eine respektable Erscheinung. Es widerspräche auch dem Wesen der Nördlichen Kalkalpen, beiläufig ins Wiener Becken überzugehen. Da ist schon eher schroffe Abgrenzung angebracht. Auf dem mächtigen, aus Triaskalken aufgebauten Massiv des Hochschneebergs finden sich mit dem Klosterwappen und dem Kaiserstein immerhin zwei Gipfel im erhabenen Klub der Zweitausender. Aber man muss die Lust am Gebirge ja nicht immer auf die Spitze treiben: Die Landschaft um den Saukogel zum Beispiel ist eine verführerisch stille Welt mit Blumenwiesen und Bergwäldern. Der Schneeberg jedoch besticht durch seine inneren Werte. In den Karsthöhlen dieses Gebirgsstocks und im Raxmassiv steht ein gewaltiger Wasserschatz zur Verfügung. Wasserundurchlässige Schieferschichten lassen, sehr zu Freude der Wiener, am Fuße des Gebirges die Quellen sprudeln.

Schneeberg und Rax sind durch das Tal der Schwarza, das Höllental, getrennt. Trotz ihrer Nachbarschaft zeigen die beiden Massive wenig Ähnlichkeit. Strebt der Schneeberg weitläufig und ruhig himmelwärts, so beeindruckt die Rax mit großartigen Wandformationen, zerklüftet und wild. Auf dem Plateau weitet sich die Gebirgslandschaft. Zwischen Kalkabstürzen dehnen sich Latschenfelder und wellige Matten, auf denen im Sommer der gelbe Wundklee und die violette Teufelskralle blühen, dazu noch Hahnenfuß, Kohlröschen, Nelken, Alpenrosen und winzige Orchideen.

Doch zurück in die Türmerstube, hoch über der Stadt. Es ist wohl anzunehmen, dass der naturkundlich so sehr bewanderte Adalbert Stifter den Blick auch nach Osten wandte. Auch dort, mitten im ebenen Land, gibt es Berge zu sehen: Wo die Donau Österreich verlässt, schneidet sich der Strom in einen Ausläufer der Karpaten ein. Diesseits der Staatsgrenze erinnern die Hainburger Berge an eine tief abgesunkene Verbindung zwischen Alpen und Karpaten. Die runden Kuppen sind nicht hoch. Mit seinen 476 Metern überragt der Hundsheimer Berg den Braunsberg, den Schlossberg, den Königswart und den Spitzer Berg. Aber dennoch weisen diese Kalkblöcke auch schroffe Felsabstürze auf. Die begrünten Kuppen sind aus anderer Sicht nicht minder bemerkenswert, gedeihen hier doch Pflanzen, die es in Europa sonst kaum zu sehen gibt: Die Kugeldistel aus der Steppenzone um das Schwarze Meer gehört zu einer kargen, wenn auch vielfältigen Welt mit Flaumeichen-Buschwäldern, Wiesen- und Felssteppen. Hier blühen Heideröschen und Bleischwingel, die Zwergschwertlilie und der Österreichische Drachenkopf.

Tier und Mensch einander nahe

Seite 172/173:
Gottgefälliges Weinverkosten im Keller des Stiftes Göttweig

vUW

Blick vom Wilhelminenberg über die Stadt Wien ins „weite Land“

Hügelland

Die landschaftliche Vielfalt Niederösterreichs wird natürlich nicht nur in der Bergwelt sichtbar. Auch tieferwärts, im Hügelland, erfreut das Spiel der Variationen, obwohl es einen gemeinsamen Nenner gibt: Trinkgenuss.

Erst einmal geht es um Most. Das passende Obst gedeiht vortrefflich zum Beispiel im südöstlichsten Winkel Niederösterreichs, in einer wundersam vieldeutigen Landschaft: der Buckligen Welt. Das unstete Gewoge der Hügelzüge lässt viele Horizonte ineinander laufen, die kleinen Welten in den Tälern, einander ähnlich und doch jedes in seinem Wesen ausgeprägt, fügen sich nach und nach zu einem sanften, verwirrenden Bild. Wer dann, um endlich den Überblick zu gewinnen, aus dem Gewirr von Straßen, Strässlein und Güterwegen eine dominierende Erhebung als Aussichtswarte wählt, sieht sich erst recht auf das Eindrucksvollste durcheinander gebracht. Die Hügel buckeln dicht an dicht unter dem hohen Himmel, die Täler dazwischen sind verschwunden. Bleibt als der einzige Weg, dieser Landschaft näher zu kommen: sich in ihr zu verirren. Ziele, die man nicht angestrebt hat, geschweige denn kennt, sind in der Buckligen Welt leicht zu finden, und irgendwann entlässt einen die Landschaft auch wieder aus der glückseligen Konfusion und stellt ein vertrautes Ortsschild in die Gegend, einen hilfreichen Wegweiser oder ein Mostwirtshaus, das jede weitere Suche überflüssig macht.

Mostkekse aus der Konditorei Schwarzlmüller in Hollenstein an der Ybbs

Und wie ist das mit den Hügeln des Mostviertels? Dort, wo Alpen und Böhmische Masse einander am nächsten sind, hat die Erdgeschichte aus Flysch und Molasse ein sanftwelliges Land mit schweren, fruchtbaren Böden geschaffen. Behäbig dehnt es sich unter dem hohen Himmel, nichts ist hier eng, kleinteilig oder gar bescheiden. Doch ja, die Bauernwälder fügen sich nur als dunkelgrüne Farbtupfen in die weiten Flächen der Äcker und Wiesen. Die krummen Täler haben Platz für kleine Dörfer, kleine Märkte, kleine Städte. Doch weithin sichtbar, an Hängen und Hügelkuppen, schauen die Vierkanter wie Adelssitze über das Land, oder auch wie Klöster. Sogar in früheren Zeiten, als viel Gesinde auf dem Hof war, blieben im Obergerschoss Räume unbenutzt, gab es herrschaftlich ausgestattete Gastzimmer, weil man sich nicht genieren wollte, wenn einmal doch hoher Besuch kommen sollte. Auch die Birnbäume passen in diese selbstbewusste, bedächtige Welt. Nur sie haben die Kraft, mit ihren Wurzeln tiefe, nährstoffreiche Bodenschichten zu erreichen. An die 200 Jahre kann so ein Mostbirnbaum alt werden, und bis zu 1.000 Kilo Frucht trägt seine mächtige Krone.

Übrigens war noch ein anderes Genussmittel dereinst für diese uralte Kulturlandschaft von Bedeutung: Im 16. und 17. Jahrhundert standen auch Rebstöcke im Mostviertel; die Flurbezeichnung „Weingarten“ bei Strengberg erinnert daran.

Bei der Heuernte

Von hier aus fällt es nicht schwer, den Weg in ein anderes Hügelland zu finden: das im Weinviertel. Meere der Jura schenkten dieser Landschaft ihre Korallenriffe, die Urdonau und andere Gewässer häuften riesige Schottermassen an und trugen Materie ab, weiche Sedimente aus dem Alpenvorland wurden zu Hügeln geformt, wie auch die Sande und Tone im Wiener Becken. Der Wind vollendete das Bild mit Staub aus der Tundrenlandschaft nördlich der Donau. Diese äolischen Sedimente, Löss genannt, bilden ideale Böden für den Weinbau. Eine leise, doch eindringliche Melodie liegt über dem weithin offenen Land, in dem selbst dann noch die Gutsherren das Sagen hatten, als die Bauern endlich frei waren. Die Geschichte im oft und oft umkämpften, überrannten, geplünderten Grenzland hat die Menschen gelehrt, sich zu ducken, um nicht aufzufallen, die Dörfer in Täler und Senken zu bauen. In diesem Lebensraum, in dem von jeher nur Veränderung Bestand hat, gibt es ebenso viele Dörfer, die verlassen wurden, wie bewohnte. Und dann weiß dieses Hügelland auch noch dunkle Geschichten aus fernen Zeiten zu erzählen! Manchmal passt eine der gutmütigen Erhebungen nicht in den Rhythmus der Landschaft: Das sind Hausberge, künstliche Hügel also, die eine kleine Befestigung trugen, oder umwallte Erdfestungen, Grabhügel, Galgenhügel. Manchmal treibt es diese Landschaft aber auch auf die Spitze: Als die Alpen entstanden, wurden „Härtlinge“ aus viel älteren Gesteinsschichten durch weiches Material nach oben gepresst. Die Staatzer Klippe ist eine dieser geologischen Pointen im sanften Hügelland.

Kirchschlag in der Buckligen Welt

Gesundheit im Laufschritt. Im Hintergrund die Burgruine von Gars am Kamp

Von Horizont zu Horizont

Doch das Weinviertel hat als Viertel unter dem Manhartsberg auch eine andere Landschaft zu bieten: die weiten Ebenen des Marchfeldes, mehr als 800 Quadratkilometer flaches Land zwischen den Weinviertler Hügeln, Donau und March. Ungarstraße und Bernsteinstraße, uralte Handelswege beide, berühren diese Gegend; immer wieder war das Marchfeld Schauplatz kriegerischer Auseinandersetzungen. Zweimal entvölkerten und zerstörten die Türken diesen Lebensraum, Schweden verheerten das Land. Das Marchfeld wurde zum blutigen Schauplatz eines glänzenden österreichischen Sieges über Napoleon und der darauf folgenden Niederlage. Nach dem Zweiten Weltkrieg bestimmten lähmende Leere und elegischer Verfall das Bild der große Ebene. Doch die alten Schlösser haben ihre Würde zurückbekommen, auch wenn der Glanz matt geworden ist, und ringsum grünt intensiv bewirtschaftetes Bauernland: Getreide, Zuckerrüben, Gemüse.

Ebenes Land, das bedeutet in Niederösterreich auch Tullnerfeld oder Steinfeld und so manches Stück der immerhin sanft modellierten Hochfläche des Waldviertels. Das Waldviertel ist eine verzauberte Welt. Hier hält sich vieles, was anderswo längst abgekommen ist, und man geht gelassen mit der Zeit, statt hastig dem Zeitgeist nachzulaufen. Es ist ein wenig so wie bei dem Wettlauf zwischen Hase und Igel: Alle Welt will so schnell wie möglich ans Ziel, das Waldviertel aber war schon immer dort – Mensch und Landschaft leben zusammen, wie sich das eben so ergibt. Gewundene Wasserläufe füllen sanfte Teiche: Wiesenteiche, Waldteiche, Dorfteiche. Dörfer liegen in Mulden, als habe der Wind ein paar Häuser zusammengeweht, dunkle Holzscheunen sinken schief ins Gras, und mächtige Baumkronen legen ihre Schatten brüderlich auf die Dächer. Die alten Städte atmen ruhige Beständigkeit. Die Straßen und Wege zeichnen leichthin die Konturen der Landschaft nach und finden eher unauffällig ihren Weg. Manchmal rückt der Wald an beiden Rändern sehr hoch und dicht zusammen und macht den Menschen in ihren blechernen Fahrzeugen klar, dass sie nur geduldet sind. Wald lässt die Stille groß und mächtig werden und schenkt den Träumen seine dunklen Farben. Hier liegen die großen Steine aus Granit nicht einfach so herum, sondern erzählen schweigend geheimnisvolle Geschichten von alten Göttern und Orten der Kraft. Zwischen Birken und Föhren liegen die Felsbrocken der Blockheide: Pilzsteine, Wackelsteine, der Teufelsbrotlaib, die Teufelsbettstatt.

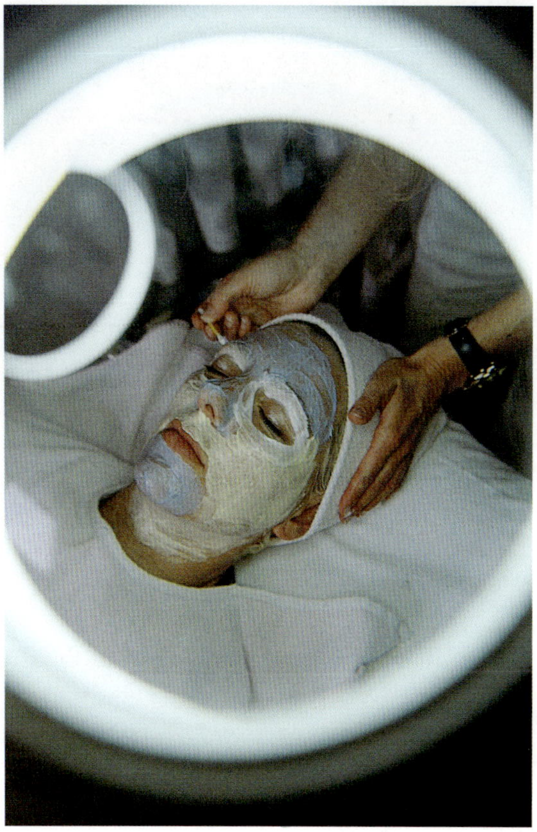

Im Biotrainingszentrum Dungl in Gars am Kamp

An den Ufern

Die stille, herbe Landschaft des Waldviertels grenzt hart an die sonnigen Flusslandschaften der Donau. Das Kamptal vermittelt zwischen Welten: Mitten im Waldviertel beginnt es als märchenhafte Fjordlandschaft mit einem tief eingeschnitten Flüsschen und dunklen Mooren. Doch mehr und mehr öffnet sich das Tal der Sonne und gibt endlich Österreichs größter Weinbaustadt Raum: Langenlois.
Vielfalt, wohin man schaut, reizvolle Gegensätze auch an den Ufern der Donau. Ihren Durchbruchstälern Strudengau und Wachau folgen flaches Land, die Wiener Pforte und endlich Aulandschaft: grüne Wildnis am großen Strom. Heute schützt ein Nationalpark über vier Quadratkilometer Donauauen bei Stopfenreuth. Es ist ja geradezu als Sensation zu werten, dass es diesen ursprünglichen Lebensraum angesichts einer durch Jahrtausende intensiv genutzten und veränderten Kulturlandschaft noch gibt. Immer wiederkehrende Überschwemmungen haben die Au vor Verkehrsbauten, Besiedelung oder Bepflanzung bewahrt, und eben diese Überschwemmungen braucht die Au auch in Zukunft, um als einzigartiges Ökosystem erhalten zu bleiben. Die Auwälder an Donau und March sind die vielfältigsten Waldformationen Europas und zugleich ein sehr artenreiches Biotop. So eindrucksvoll die Au aber auch sein mag: sie ist nur noch ein kleiner Rest. Im 11. Jahrhundert reichte sie bis zu 15 Kilometer ins flache Land hinein, grenzte an Markgrafneusiedl, Haringsee und Lassee, das früher Longese hieß, nach dem althochdeutschen Wort für Sumpfwasser.
Beruhigend zu wissen, dass auch unsere Leistungsgesellschaft dazu fähig ist, Werte anzuerkennen, die

nicht kalkulierbar sind, auf vordergründige Nutzung auch einmal zu verzichten. So bewahren die niederösterreichischen Nationalparks Donauauen und Thayatal Flusslandschaften, die auf ihre Weise Geschichte erzählen – ohne viel menschliches Zutun.

Das Angerdorf Weikertschlag an der Thaya

Links oben:
Historische Badehäuschen in Plank am Kamp

Verkostung unter Kennern im Florianihof zu Wösendorf in der Wachau

Vielfalt erleben

Niederösterreich macht neugierig. Und dies umso mehr, je öfter man das Land bereist, je intensiver man es durchforscht, nach welchem Aspekt auch immer.
Das Land unter der Enns macht Lust auf Kunst und Kultur, weil beides sich unkompliziert erfahren lässt und weil es so viel davon gibt. Das älteste Stück Österreich hatte viele Jahrhunderte Zeit, eine reiche kulturelle Identität zu entwickeln. Alltagskultur, Volkskultur und Hochkultur durchdringen und bereichern einander von jeher. Es fehlt an nichts zwischen Tradition und Avantgarde, und jedes Jahr kommt Neues dazu.
Immer wieder wird die Kulturlandschaft aber auch zur Genusslandschaft, im Frühling etwa, wenn in der Wachau die Marillenbäume blühen und im Mostviertel die Birnbäume. Ende April, ein, zwei Wochen früher oder später, je nach Witterung, entfalten sich die weißen Blüten, eine kurze Zeit danach setzen die Apfelbäume rosa Tupfen in die Landschaft. Oder der Wein wird zum Reiseziel: Im Winter, wenn er sich in den Fässern tief unter der Erde klärt, und ein paar Monate später, wenn der Wein vom Vorjahr reif und klar in den Gläsern funkelt. Im Sommer schaut man dann den Trauben beim Reifen zu, freut sich über die dunkle Kühle im Keller und kommt ihm Herbst wieder, weil man ja schließlich wissen will, wie sich der Wein, den man dereinst trinken wird, als Traube verkostet, als süßer Most und als gärender „Sturm“. Damit es hier nicht nur ums Trinken geht: Es gilt natürlich auch kulinarische Entdeckungen zu machen, in handfesten Wirtshäusern genauso wie in den Tempeln edelster Kochkunst. In Niederösterreich ist es gottlob noch so, dass regionale Unterschiede bestehen geblieben sind.
Und dann wieder Spurensuche: die alten Industrien im Lande, Schlösser, Klöster, Kirchen, Bauernhäuser, Bürgerhäuser. Auch als Freizeitland hat Niederösterreich Tradition. Es macht Spaß, in den Fußstapfen der ersten Sommerfrischler zu wandern, im Semmering-

Ein Barriquefass auf dem Weg in den Jochinger Prandtauerhof

gebiet ein seltsam harmonisches Miteinander von alter Technik, verblichener Pracht und frischem Schwung zu erleben, auf den Höhen des Wienerwaldes kuriose Berghütten und altmodische Jausenstationen aufzusuchen, in Baden über das cholerische Genie Beethovens nachzudenken, über die alten Römer, die im Thermalwasser von ihrer südlichen Heimat träumten, oder über Kaiser Franz I., der 31 Sommer hier zu Gast weilte. Wenn man sich so umschaut im Kurstädtchen: Es kann noch nicht lange her sein, dass „Seine Durchlaucht" ferngeblieben ist.
Die Niederösterreicher haben offensichtlich viele gute Gründe, stolz auf ihr Land zu sein. So war das immer schon, doch einige sind in den letzten Jahren dazugekommen:
Umweltschutz ist vom Schlagwort zur engagiert verwirklichten Überzeugung geworden und schafft spürbare, sichtbare Lebensqualität;
die kleinen Städte besinnen sich ihrer Geschichte, die alten Plätze und Häuser leben auf;
Nationalparks, Naturparks und Landschaftsschutzgebiete bewahren das grüne Erbe des Landes.
Das älteste Stück Österreich ist erfreulich jung geblieben. Das macht neugierig auf die Zukunft.

NIEDERÖSTERREICH
Zahlen, Daten, Fakten

Das Landeswappen

Landesfläche: 19.174 km
(somit das größte der neun Bundesländer Österreichs)

Gesamtbevölkerung: rund 1,55 Millionen

Landeshauptstadt: St. Pölten (seit 1986)

Verwaltungsbezirke: 21 (Amstetten, Baden, Bruck/Leitha, Gänserndorf, Gmünd, Hollabrunn, Horn, Korneuburg, Krems, Lilienfeld, Melk, Mistelbach, Mödling, Neunkirchen, St. Pölten, Scheibbs, Tulln, Waidhofen/Thaya, Wiener Neustadt, Wien-Umgebung, Zwettl)

Gemeinden: 573

Traditionelle Gliederung in vier Viertel:
Viertel ober dem Manhartsberg (Waldviertel)
Viertel unter dem Manhartsberg (Weinviertel)
Viertel ober dem Wienerwald (Mostviertel)
Viertel unter dem Wienerwald (Industrieviertel)

Höchste Erhebung: Schneeberg (2.075 m)

Größter Fluss: Donau (218 km auf niederösterreichischem Gebiet).
Regionale Einteilung (von West nach Ost): Strudengau, Nibelungengau, Wachau, Tullnerfeld, Wiener Pforte, Wiener Becken, Hainburger Pforte)

Landesgrenzen: 1.160 km, davon 414 km Staatsgrenze

Straßennetz: 14.062 km

Schulen und hochschulverwandte Lehranstalten: 1.351

Krippen, Kindergärten und Horte: 1.187

Religiöses Bekenntnis: röm.-kath. 83,7 %; evangelisch 3,3 %; islamisch 1,5 %; sonstige 4,7 %; ohne 6,8 %

Denkmalgeschützte Kulturgüter: über 20.000

Tourismus: jährlich rund 5,67 Millionen Nächtigungen

Anteil am Bruttoinlandsprodukt: 16,4 %

Vereine: 18.178

Landeshauptmänner seit 1945:
Josef Reither (1945–1949)
Johann Steinböck (1949–1962)
Dipl.-Ing. Leopold Figl (1962–1965)
Dipl.-Ing. Eduard Hartmann (1965–1966)
Andreas Maurer (1966–1981)
Mag. Siegfried Ludwig (1981–1992)
Dipl.-Ing. Dr. Erwin Pröll (seit 22. 10. 1992)

Markgraf Leopold III. von Österreich

Landespatron: Markgraf Leopold III. von Österreich, der Heilige.
Sechster Markgraf aus der Familie der Babenberger, geboren um 1075, gestorben am 15. November 1136. Eigentlicher Begründer der Größe Österreichs, 1485 Heiligsprechung, 1663 „Patronus Austriae“

Landesfeiertag: 15. November

Das weite Land: Niederösterreich

Lower Austria
Land of Variety

The cradle of Austria

The first vestiges of an Austrian identity can be traced back to the area covered by today's Lower Austria. This is where the Avar Mark protected Charlemagne's empire towards the east, and this is where the Babenberg dominion under Count Leopold began after the withdrawal of the Magyars. Leopold I first held court in Pöchlarn on the Danube and later in Melk. Few Austrians are aware that the rocky ridge today crowned by the harmonious and magnificent architectural complex of Melk Abbey was the seat of the first Austrian government more than one thousand years ago.

The famous document containing, in addition to the placename of Neuhofen an der Ybbs, also that of the country, "Ostarrichi" (Austria is "Österreich" in German), dates back to 996.

Even before the secular administration had truly emerged, however, a dense network of churches, monasteries and convents began to coalesce. Melk, Dürnstein, Göttweig, Geras, Zwettl, Altenburg, Herzogenburg, Klosterneuburg, Heiligenkreuz, Lilienfeld or Seitenstetten: the monasteries were nuclei of civilization as well as providers of the first forms of order and governance in a land that was still largely free of legal norms.

However, even during the Ice Age, today's Lower Austria had offered a habitat for humankind. Hunters and gatherers roamed the lowlands and alpine foothills. A world-famous example of early cultural creation is the "Venus of Willendorf", an eleven-centimetre-high statue, whose name derives from the eponymous village in the Wachau where it was found. This limestone symbol of female fertility is over 25,000 years old.

Surprisingly enough, many earthworks, including Neolithic circular ditches, have likewise been preserved across the millennia.

Untouched by the turbulences of history, burial mounds from the Hallstatt Culture dot the fields of Lower Austria: the most impressive one, nearly 16 metres high, rises from the fertile farmland near Grossmugl, a village close to the town of Stockerau.

Later on, the peaceful occupation by the Romans gave birth to numerous structures that are visible to this day: Aequinoctium became contemporary Fischamend; Ala Nova, Schwechat; Vindobona, Vienna; Aelium Cetium, St. Pölten; and Comagena, Tulln.

Above all, however, the Romans built an exemplary road network. Even present-day highways follow the layout of the Roman roads.

The land of the soul

Since time immemorial, the Danube has been a powerful artery that has given life to Lower Austria, in effect bisecting the country into two halves. North of the Danube, the Upper Austrian Mühlviertel region slowly blends into the rugged plateau called Waldviertel, while the adjoining hills of the Weinviertel region gradually subside and are absorbed by the wide plain of the Marchfeld. On the other bank, the Dunkelsteinerwald hills and the Tullnerfeld plain flank the river. The Vienna Basin, enclosed by the semicircle of the hilly Vienna Woods, opens towards the plain in the east. In southern Lower Austria, the alpine peaks gradually decrease in height from west to east.

However, the Danube also regales Lower Austria its incomparable river landscapes: the Nibelungengau, the Strudengau and, above all, the Wachau.

This narrow, meandering valley harbours protected bays nestling at the foot of sunny hills. For many centuries, viticulture and navigation have determined the life of the region's inhabitants. Humankind has created a new landscape here: the hills are notched with terraces, whose fertile loess soil prospers under the sun. The big Bavarian monasteries used to grow grapes here, while during the Babenberg era the Benedictine abbeys of Melk and Göttweig established a medieval monastic culture whose impulses transcended Austria and influenced the evolution of both Bohemia and Hungary. Dürnstein is the location of the ruined Kuenring fortress, where Richard I the Lionhearted languished in captivity until being ransomed – a very profitable venture for the Austrians. Undoubtedly, Lower Austria is also a mountainous country. Yet this trait, although impressive enough, is a discreet one: instead of dominating the landscape, the wide arc of the Alps simply accentuates it. Ötscher, Rax and Schneeberg are the imposing peaks in this picture, while the alpine foothills pleasantly divert the eye from the mountain ridges, to come to rest amongst the green hill-tops of the Vienna Woods with their occasional rocky escarpments.

In the hills extending farther to the south, this charming variety abounds as well. In the most south-eastern corner of Lower Austria, the Bucklige Welt transforms the unruly surging hills into a wonderfully diverse and many-faced landscape.

Where the Alps and the Bohemian Massif nearly come to touch, the earth has melded flysch and molasses to create the Mostviertel, a region of softly rolling hills with rich, fertile soil. The pear-trees, too, fit into this self-confident, thoughtful, slow-moving world: only their roots are strong enough to reach the deeper, nutrient-rich soil layers. Pear-trees cultivated for must production can attain an age of two hundred years, and their powerful crowns carry up to one thousand kilograms of fruit.

The Weinviertel, too, is a hilly region. Many millennia ago, the wind shaped the face of this landscape with the aeolian sediment called loess. This produced ideal soils for viticulture and moreover permitted to dig deep, durable wine-cellars. The Kellergassen, or "cellar alleys", of the Weinviertel are a unique feature that does not have its equal anywhere in the world. Set off from the villages, narrow houses for wine pressing were built above steeply descending cellars. But the wide plains of the Marchfeld between the Weinviertel hills, the Danube and Morava rivers, too, are part and parcel of Lower Austria. While in the past this area had often been the site of fierce battles, its old hunting lodges are today peacefully integrated into intensively cultivated farmland.

The plains – in Lower Austria, this word also describes the Tullnerfeld or Steinfeld areas as well as some zones of the gently curving plateau of the Waldviertel. The Waldviertel is a truly enchanted land: villages nestle in hollows as if impetuously swept together by the wind, dark wooden barns perch crookedly atop moist meadows, and mighty tree-crowns throw their brotherly shadow across the roofs. The old towns breathe an air of tranquil permanence.

City and countryside

Lower Austria has for many years been divided into four "fourths", or regions: Weinviertel, Mostviertel, Waldviertel and Industrieviertel.

Today, we may say that the Waldviertel and Weinviertel are the two regions that have perhaps remained most faithful to their old names, but even the Mostviertel hills have preserved their rustic appeal. In its turn, the Industrieviertel is struggling to find a new identity. The traditional heavy industry of the "Eisenwurzen" has long been a thing of the past, but the economic structures created around 1900 are likewise hard-pressed to meet modern requirements. Still, it was possible to react flexibly to the new challenges: the economic value added has increased continuously over the years. An investment situation above the Austrian average opens up optimistic perspectives for the future. Today, Lower Austria is in fact amongst the most successful European regions.

The new capital of Lower Austria, St. Pölten, is another expression of this self-confident course towards the future. When Vienna and Lower Austria were divided after the collapse of the monarchy, Lower Austria became a province without a capital, whose government was still headquartered in Vienna. The decision to establish the capital in St. Pölten was only taken in 1986, and the construction works for the new capital district began in 1992. A city within the city – with government quarter and cultural district – was created on an area roughly spanning forty soccer pitches. Thus St. Pölten, a venerable Baroque city and traditional industrial centre, finally became a modern capital as well.

City or countryside – Lower Austria whets its visitors' curiosity the more deeply, the more frequently they travel and discover this province and its innumerable facets.

Lower Austria invites visitors to immerse themselves in art and culture, because it is an easy, casual experience here, and because there is so much of it. The oldest part of Austria took many centuries to develop its very own, rich cultural identity. Everyday culture, folk culture and highbrow culture permeate and enrich each other and have always done so. The spectrum from tradition to avant-garde is wide and complete, and every year something new is added.

There are many reasons for Lower Austrians to be justly proud of their homeland. Some of these reasons are old, others have only emerged in the past few years. From being merely a modish slogan, environmental protection has become a conviction widely followed with true commitment that creates visible, tangible quality of life. The little towns are once more mindful of their long history, the old squares and houses are revived. National parks, nature parks and landscape protection zones preserve the green legacy of Lower Austria. The oldest part of Austria has remained delightfully young at heart, and this gives us hope for the future.

Legends

Coverphoto: View of Dürnstein and Göttweig Abbey from the slopes above Weissenkirchen in the Wachau

Page 6/7: The ruins of Aggstein Castle high above the Danube, Wachau

Page 8/9: The monumental tomb near Niederhollabrunn in the Weinviertel

Page 10/11: Corpus Christi procession near Windhag in the Mostviertel

Page 12/13: The cloister of Heiligenkreuz Monastery, Vienna Woods

Page 14/15: Students and barrels at the School for Viniculture of Klosterneuburg

Page 16/17: Hohe Wand, viewed from Schneeberg

Page 20: Stein on the Danube: Frauenberg Church and St. Nicholas Parish Church. In the background: Göttweig Abbey

Page 21: On the balcony of Göttweig Abbey, Wachau

Page 22/23: The Danube viewed upstream near Aggstein, Wachau

Page 24/25: The silhouette of Göttweig Abbey rising high above the Dunkelsteinerwald Hills

Page 25 top: The Tausendeimerberg vineyard near Spitz in the Wachau

Page 26/27: The abbey and town of Melk, seen from the northern bank of the Danube

Page 28: The Danube with Hundsheim Island and Mautern Bridge, in the background: the twin town of Krems-Stein

Page 29 top: The Stein Gate of Krems, Wachau

Page 29 bottom: Krems, based on an engraving by Matthäus Merian, 1649

Page 30/31: The ruins of Kollmitz Castle high above a meander of the Thaya River in the northern Waldviertel

Page 31 right: Going after crayfish in the Thaya River

Page 32 top: The Seegrotte, a subterranean lake in Hinterbrühl, Vienna Woods

Page 32/33: The Peilstein practice course for climbers, southern Vienna Woods

Page 34: The riverscape of the Danube wetlands

Page 35: The Virgin's Tower of the ruined Theben Castle at the confluence of Morava and Danube

Page 36 top: The cellar alley, or "Kellergasse", of Göttlesbrunn in the wine-growing zone of Carnuntum

Page 36/37: The wine cellar hill of Wildendürnbach in the Weinviertel

Page 38/39: The poppy, a plant typically cultivated in the Waldviertel

Page 39 top: Rappottenstein Castle in the Waldviertel

Page 39 bottom: The valley called "In der Noth" (circa 1890) near Ybbsitz in the "Eisenwurzen"

Page 40/41: Pressing must at a typical farm ("Kummerbauer") near Weistrach, Mostviertel

Page 42/43: Farming land – the realm of the square "Vierkanter" farmhouses typical of the Mostviertel

Page 44/45: The Semmering railway line designed by Karl Ritter von Ghega, seen against the background of the Rax

Page 44 bottom: Nostalgic skiing scene on the Semmering

Page 45 top: Semmering, Rax and Schneeberg, seen from the Wechsel

Page 45 bottom: Schottwien situated below the motorway bridge

Page 46 top: The Alpenhof villa near Payerbach, designed by Adolf Loos

Page 46 bottom: The former ballroom of the Südbahnhotel on the Semmering

Page 46/47: The Rothschild villa in Reichenau an der Rax

Page 48: St. Pölten: Shed hall and festival hall in the cultural district

Page 49: St. Pölten: Architectural details in the cultural district

Page 50/51: St. Pölten: Ceremonial hall of the Institute of the English Ladies

Page 51 top: Art Nouveau in St. Pölten: Villa Stöhr

Page 52: St. Pölten: The library of the former collegiate of the Augustinian Canons

Page 53 bottom: When Vienna and Lower Austria were still one: Joint session at the Lower Austrian Diet in Vienna's Herrengasse

Page 53 top: Johann Mayer, the first governor of the Federal Province of Lower Austria after the separation from Vienna

Page 54: The Heidentor (Pagan Gate) of Carnuntum

Page 55: The sculpture "Venus of Willendorf" at the place where it was found, Wachau

Page 56/57: The charnel-house of Ulrichskirchen in the Weinviertel

Page 58 top: The ruins of Immendorf Palace in the Weinviertel, destroyed during the Second World War

Page 58 bottom: The Museum of Pre-History in Asparn on the Zaya River, Weinviertel

Page 58/59: A view of Dürnstein from the fortress ruins, Wachau

Page 59 bottom: A detail of the Roman road-map Tabula Peutingeriana

Page 60/61: The limestone cliff of Staatz in the Weinviertel

Page 62: A mute witness of the past: Wayside shrine in a field of sunflowers during Indian summer in the Weinviertel

Page 63: On Gallows' Hill in Oberstinkenbrunn, Weinviertel

Page 64 top: A ceiling fresco in the library of Melk Abbey

Page 64 bottom: In the library of the former collegiate of the Augustinian Canons

Page 64/65: Monastic learning in the library of Heiligenkreuz

Page 66 top: The hunting lodge of Mayerling in the Vienna Woods

Page 66 bottom: The hunting lodge of Mayerling: The tea-room

Page 67: Baroness Mary von Vetsera's grave: the cemetery of Heiligenkreuz in the Vienna Woods

Page 68 top: Blowing the hunting horns in front of Artstetten Palace, the burial place of Franz Ferdinand, Archduke of Austria-Este

Page 68/69: Anita Hohenberg, the present owner of the palace, in the crypt housing her ancestors' tombs

Page 70/71: The Benedictine abbey of Seitenstetten in the Mostviertel, also called "God's farmhouse" because of the square structure of the building typical of the region

Page 72 top: The Augustinian Canons' abbey of Klosterneuburg in the Vienna Woods

Page 72 bottom: The "Schwarzes Kreuz" (Black Cross) vineyard near Klosterneuburg

Page 73: Austria's "certificate of baptism"

Page 74: Medieval scene in the market square of Eggenburg in the Weinviertel

Page 75 top: Statues of the Heldenberg army pantheon of Kleinwetzdorf in the Weinviertel

Page 75 bottom: Medieval festival in Eggenburg

Page 76/77: The main square of Weitra, the old town of the Kuenringer family in the Waldviertel

Page 78 top: The Babenberg Margrave of Austria, Leopold III, the Saint

Page 78 bottom: The Austrian Archducal Crown

Page 78 right: Johann Lukas von Hildebrandt

Page 79 top: The hunting lodge Niederweiden in the Marchfeld

Page 79 bottom: Entrance to the park of Schlosshof Palace on the River Morava

Page 80/81: At the Hunting Museum of Marchegg Palace

Page 81 top: The Baroque palace of Marchegg

Page 82: Going to church in the Wachau

Page 83: Inside the control tower of Vienna-Schwechat Airport

Page 84/85: Contemporary architecture on the Traisen River: The government quarter in St. Pölten

Page 86/87: Typical farmhouse ("Zwerchhof") from Prottes at the Open-air Museum of Niedersulz, Weinviertel

Page 87 top: The Teisenhoferhof, a typical rich burgher's house in Weissenkirchen, Wachau

Page 87 bottom: The lederhosen workshop of Emmerich Buben in Lunz am See

Page 88 top: The Carthusian monastery of Gaming in the Ötscher region

Page 88 bottom: The Cistercian abbey of Lilienfeld in the Traisental Valley

Page 89 left top: Romanesque sculpture in the church apse of Schöngrabern in the Weinviertel

Page 89 left bottom: Details of the Verdun Altar at Klosterneuburg Abbey

Page 89 right top: Model of the abbey church of Zwettl with the church founders

Page 89 right bottom: The Kuenringer family tree in the Zwettl founders' register

Page 90: A – probably Celtic – ritual stone in front of the church of Ulrichskirchen in the Weinviertel

Page 91: The "Ottonian Octagon" in the parish church of Wieselburg, Mostviertel

Page 92 top: Melk: Town and Baroque monastery based on an engraving by Matthäus Merian

Page 92 centre: The Cross of Melk

Page 92 bottom: The Aggsbach Dorf Charterhouse in the Wachau

Page 93 top: Baroque triumphant at the gate to the Wachau: The Benedictine abbey of Melk

Page 94: Meditation in fasting at Pernegg Monastery in the Waldviertel

Page 95: Geras Monastery in the Waldviertel: Joachim Angerer, the abbot and general manager

Page 96 top: The Renaissance palace of Schallaburg near Melk

Page 96 bottom: Schwarzenau Palace in the Waldviertel

Page 96/97: Greillenstein Palace in the Waldviertel, for centuries the ancestral castle of the Kuefstein family

Page 98/99: Fog hovering over the lake Lunzer See in the Ötscher region

Page 99 top: Visiting a typical farm ("Walcherbauernhof") near Lunz am See

Page 99 bottom: Old ironworks ("Fahrngruberhammer") in Ybbsitz, Mostviertel

Page 100/101: Reviving a gone-by workshop: The Fahrngruberhammer ironworks as a showcase forge

Page 102 top: The spa pavilion of Payerbach

Page 102 bottom: Summer holidays in 1876: Baroness von Sommaruga on the verandah of her villa in Reichenau

Page 102/103: Breeding Arab horses at the Klafterbrunn estate, Traisental Valley

Page 104 top: An early steamship on the Danube passing the – now useless – tow path in Stein

Page 104 bottom: A section of the old Roman road in Mauternbach, Wachau

Page 105: The Wiener Neustadt Canal Present: An army patrol on horseback Past: An artificial waterway from Vienna to Gloggnitz

Page 106: Healthy leisure activities: The thermal bathing beach of Baden near Vienna

Page 107: Summer concert in the spa town Baden near Vienna

Page 108/109: Tradition with a future: Trotting race in Baden near Vienna

Page 110/111: A tribute to civic pride in the Baroque old town of St. Pölten: The Town Hall

Page 111 bottom: The architect of (not only) St. Pölten: Jakob Prandtauer

Page 112 top: Technology shapes the landscape: Bridges, ships, the thermal power plant of Theiss at the end of the Wachau

Page 112/113: The impressive transhipment volumes achieved by the port of Krems highlight the growing importance of the waterway Danube

Page 114/115: Safe flight operation: De-icing at Vienna-Schwechat Airport

Page 116: An almost extinct species: the wine-loving "Kellerkatze" indicates the best taverns

Page 117: A botanical rarity from the Wachau: The "Steinfeder" (feather grass)

Page 118/199: Corpus Christi procession in Windhag, Mostviertel

Page 120/121: Palm Sunday in Prinzendorf, Weinviertel

Page 122 top: 13 October: St. Colman's Feast ("Kolomanikirtag") in Melk

Page 122/123: Pulling up the maypole in Bromberg, Bucklige Welt

Page 124: A grocer's shop in Puchenstuben, Ötscher region

Page 125: The historical post-office of Küb on the Semmering

Page 126/127: Traces of Baroque art adorn the landscape: The route taken by the Corpus Christi procession from Windhag to St. Aegidi, Mostviertel

Page 128 top: Pastoral scene on the peak of the Maiszinken above the lake Lunzer See

Page 128/129: Daffodils in bloom in the Ötscher region

Page 130 top: Fireworks to celebrate the summer solstice in Dürnstein, Wachau

Page 130/131: Changing the calendar date – still a domestic ritual for farmers

Page 132/133: After the harvest celebrations: Going home through the Klaus vineyard near Weissenkirchen in the Wachau

Page 134: Harvest celebrations in the Wachau

Page 135: Solstice fire on the bank of the Danube near Spitz, Wachau

Page 136: Symbols of pilgrimage: Devotional picture and rosary

Page 137: The "worldly" face of pilgrimage

Page 138: Must tasting at the Oismühle cellar, Mostviertel

Page 139: Apricot harvest near Arnsdorf in the Wachau

Page 140/141: Structures of fertility: Lines of trees in the Mostviertel

Page 142/143: Landscape in white and green: Pear-trees in flower, Mostviertel

Page 144 top: The "farmers' palaces": Typical square "Vierkanter" near Weistrach, Mostviertel

Page 144 bottom: The ideal horse for the farmer: The compact Haflinger breed

Page 144/145 and 145 bottom: Apple harvest on Plattenberg Hill in the Mostviertel

Page 146 top: Farming land that almost touches the sky: The Bucklige Welt near Zöbern

Page 146/147: The past is still alive: The "black kitchen" of the "Huberbauer" farm in Ertl, Mostviertel

Page 148/149: The farmer Virgilius Eder walking amongst his flowering apricot trees, Wachau

Page 149 top: Distilling spirits at the Prandtauerhof estate in Joching in the Wachau

Page 149 bottom: A typical accessory for harvesting apricots: The "Zistel" basket

Page 150 top: Analyzing the wine in the laboratory ...

Page 150/151: ... and in the tasting booths of the Klosterneuburg School for Viniculture

Page 152/153: The greenhouse as lecture hall: The librarian of the Klosterneuburg School for Viniculture studying old books

Page 154/155: Harvesting grapes in front of the windmill of Retz, Weinviertel

Page 155 top: Measuring the sugar content of the grapes at the Nikolaihof winery in Mautern, Wachau

Page 156 top: The rolling-mill of the influential industrialist Andreas Töpper in Neubruck near Scheibbs, Mostviertel

Page 156 bottom: Needle-shaped rocks in the narrow Adlitzgraben Gorge on the Semmering

Page 157 top: The Ötscher, a majestic mountain dominating the alpine foothills

Page 157 bottom: The "Am Steg" ironworks in Ybbsbachamt near Gresten, Mostviertel

Page 158/159 and 159 bottom: Production of top-quality handmade paper at the Wurzmühle workshop near Weitra, Waldviertel

Page 159 top: Glass shaping at the Zalto glass factory in Neunagelberg, Waldviertel

Page 160: Brick kiln in Kreuzstetten, Weinviertel

Page 161: Blowing glass at the Zalto glass factory, Neunagelberg

Page 162 top: The Töpperbrücke Bridge in Kasten near Lunz am See

Page 162 bottom: Inside the brick kiln of Kreuzstetten

Page 162/163: Charcoal production in a kiln near Gutenstein

Page 164: The Egyptian classroom

Page 164/165: The school financed by Arthur Krupp in Berndorf: The Moorish classroom

Page 166/167: Natural gas desulphurizing plant in Aderklaa, Marchfeld

Page 167 top: Technology and agriculture: Grain harvest near Aderklaa

Page 168 top: Research work at the Seibersdorf reactor centre

Page 168 bottom: Energy-generating wind wheels of the EVN (Lower Austrian Energy Supply Company) in Gänserndorf, Marchfeld

Page 168/169: Humans and machines interact: Cucumber harvest in the Marchfeld

Page 170: Human and animal – a close relationship

Page 171: Snug as a bug in a rug

Page 172/173: "Righteous" wine tasting in the cellar of Göttweig Abbey

Page 174/175: View of Vienna from Wilhelminenberg Hill – the eye scans the open land

Page 176: Haymaking

Page 177: Must cookies – a delicacy of the Schwarzmüller cake-shop in Hollenstein on Ybbs River, Mostviertel

Page 178/179: The town of Kirchschlag in the Bucklige Welt

Page 180: Running for your health. In the background: The castle ruins of Gars on Kamp River

Page 181: At the bio-training centre of Willi Dungl in Gars on Kamp River, Waldviertel

Page 182 top: Historical bathing cabins in Plank on Kamp River

Page 182/183: Weikertschlag, built around a village green on the Thaya River, Waldviertel

Page 184 top: Expert wine tasting at the Florianihof estate in Wösendorf, Wachau

Page 184/185: A barrique being transported to the Prandtauerhof estate in Joching, Wachau